당신을 보면 이해받는 기분이 들어요

도시공간 3
김건희·김지연 편지

당신을 보면
이해받는 기분이 들어요

SUNDRY PRESS

미술관

건희는, 11
지연은, 13

겨울에서 봄
당신을 보면 이해받는 기분이 들어요   17
우리, 운명의 점을 이어볼까요   23
오늘의 아름다움   31
가려진 마음을 발견하는 일   37

봄에서 여름
미미의 미술 순례기 1부   51
사랑이 있을 자리   63
미미의 미술 순례기 2부   69
안갯속에서, 회색을 더듬으며   79
아름다움을 위한 조건   91

여름에서 가을
시차를 맞추는 일   99
진짜 편지   111
완벽하지 않은 시작   119
멋진 하루   127
구겨지지 않는 마음   135

가을에서 겨울

이런 나도   147

오늘의 춤   155

잠과 꿈   165

당신의 확신이 되고 싶어요   171

겨울에서, 다시 봄

지연 언니에게   183

우리는 그저 작은 점이지만   191

건희는,

스물 다섯에 입사한 첫 직장에서 지연을 만났다. 그는 내가 일하는 잡지사의 고정 필진으로 매달 미술 및 문화 비평을 기고했다. 우리 매체에 실리는 기사의 80퍼센트는 프랑스 번역 기사였고, 유럽 및 제3세계의 정치, 경제, 사회·문화에 관한 내용이라 일반 독자가 이해하기 쉽지 않았다. 나머지 한국 필진의 글도 비슷하게 묵직한 주제를 다루다 보니 까다롭긴 마찬가지였다. 마감 때면 졸린 눈 비비며 읽던 원고들, 그중 '유일하게' 반가운 글이 있었으니, 지연의 글이었다. 그의 글은 어떤 주제를 다뤄도 한결같이 다정한 톤을 유지했으며, 어떤 전시의 인기나 광풍의 이면, 유명 작가의 잘 다뤄지지 않은 작품 세계를 섬세한 시선으로 들여다보았다. 편안하고 따뜻하면서도 뭉툭하지 않은 글이구나. 언젠가 만나서 대화를 나누고 싶다고 생각했다. 그날은 예상보다 빨리 찾아왔다. 지연은 그의 첫 책인 『마리나의 눈』을 내게 선물했는데 나는 그 책을 읽으며 조금 울었다. 거기에는 그가 마리나 아브라모비치를 경유해 자신에게로 도달하는 과정이 녹아 있었다. 나는 이 책이, 어떤 운명적인 만남은 진짜 자신을 찾아가는 여정으로 한 사람을 이끌 수 있다는, 가능성에 관한 이야기라고 느꼈다.

열 살이라는 나이 차이, 작가와 잡지사 직원이라는 관계에도 불구하고 우리는 금방 친해졌다. '작가님'이라는 호칭은 '언니'로 바뀌었고, 대화의 주제도 차츰 미술에서 연애, 직장, 요가, 우리를 '빡치게' 만드는 것들로 다채로워졌다. 내가 느끼기에 지연은 달변가라 우리가 만나면 주로 지연이 말하고 내가 배를 잡고 낄낄 웃는 장면으로 채워진다. 하고 싶었지만 그날에 미처 하지 못했던 말을 짧은 편지로 주고받기 시작한 것이 이 책의 시작이었다. 아무 날이 아닌 때에도 편지를 썼고, 심지어 나는 굳이 우편으로 언니의 집에 편지를 보내기도 했다. 지금 생각하면 세상에 이렇게 절절한 러브레터도 없다 싶지만은, 말보다 글이 더 편한 마음도 있다. 미술에 관한 편지를 주고받자고 했지만 쓰고 보니 미술이 삶의 모든 주제를 관통한다는 걸 다시 깨닫는다. 미술이 아니더라도 무언가를 경유하여 서로의 삶, 사랑과 상처, 기쁨과 슬픔, 변화의 동력으로서의 분노를 나누는 일은 앞으로도 계속될 것이다. 실제로 나는 이 책의 교정본을 프랑스에 있는 지연에게 보내며 긴 편지를 동봉했다.

지연은,

어릴 때부터 그림을 그렸고 대학에서 미술 이론을 공부했다. 졸업 후 법학을 공부하며 잠시 미술의 바깥에 서 보았다. 예술이 우리 삶에서 정말 중요하다는 진실과 대부분의 사람에게는 중요하지 않다는 현실을 동시에 깨달았다. 안과 밖을 연결하고 싶다는 마음을 가지고 다시 미술 앞에 섰다. 조금씩 삶에 확신을 가지는 법을 배워가고 있지만, 아직도 자주 흔들린다.

〈르몽드 디플로마티크〉는 대학 졸업 후 처음으로 지면을 내어 준, 친정 같은 곳이다. 그곳에서 건희를 처음 만났다. 첫 지면을 받고 어찌할 바를 모르던 스물넷의 나처럼, 한 사람의 몫을 해내기 위해 부단히 애쓰는 그가 거기 있었다. 초임 기자가 해내기엔 버거운 일들을 척척 해내며 등을 꼿꼿하게 세운 그가 궁금해졌다. 같이 밥을 먹고 싶다고, 먼저 다가와 말해주어

고마웠다. 건희에게 가끔은 언니 같은 소리를 하기도, 가끔은 말도 안 되는 고민을 털어놓기도 한다.

건희는 자주 회색을 이야기했다. 예쁘게 단장한 자신의 손톱이 취재원의 삶 앞에서 부끄러웠다고 말하는 그를 보며, 슬프게도 혹은 기쁘게도, 이 친구가 나처럼 헤매며 살 것을 직감했다. 모호한 것을 글에 담는다고 분명한 것이 되지는 않는다. 하지만 모호한 것 자체로 선명하게 드러날 때 우리는 마침내 두 발을 땅에 붙이고 설 수 있다. 경계에 선 자신의 모습을 솔직하게 말하는 용기를 건희의 글에서 보았다. 그의 글을 좀 더 읽고 싶어서, 편지를 보내 달라고 했다.

겨울에서 봄

당신을 보면 이해받는 기분이 들어요

하늘이 흐린 월요일 아침이에요.

어제는 집에 오자마자 가방도 풀지 않고 침대에 누웠어요. 생리 이틀째인 저에겐 어제 요가 수업이 역대급으로 힘들었답니다. 오늘 아침 지하철을 기다리면서 언니의 편지를 꺼내 읽었어요. 그날 비몽사몽 한 상태로 나눴던 언니와의 대화를 되짚어보았어요.

"글이 너무 별로라서 대표가 '이건 도저히 안 되겠다'고 하면 북펀딩으로 내면 돼요"라고 언니는 말했어요. 그 단호한 눈빛이 떠올라요. 미술을 주제로 글을 주고받자고 했는데 세상에 얘는 무슨 맨날 말 같지도 않은 소리만 늘어놓는 거야 괜히 하자고 했어. 후회하면 어쩌려고요. 언니 일 많아서 시간도 없잖아요. 이달부터 글쓰기 강의를 시작하고 NFT 전시 기획에도 참여한다면서요. 언니의 이 굳센 믿음은 대체 어디서 나온 걸까요.

언니, 솔직히 저는 쓰면서 살고 싶지 않아요. 쓰는 건 피곤한 일이에요. 골치 아픈 일이에요. 지겹고요. 끔찍하기까지 해요. 제 감상은 단순해요. 좋다. 싫다. 멋지다. 유치하다. 아름답다. 별로다. 내가 이것을 아름답다고 느끼는 이유를 거슬러 추적하는 과정은 힘들고 피곤한 일이에요. 그러니 회사원처럼 꾸준히, 작품들이 지금 여기 존재하는 이유를 말하고 설득하는 언니가 저에게는 대단해 보여요.

    제가 미술을 보러 가는 이유는 그것들이 말이 없기 때문이에요. 배우들은 무대 위에서 끝없이 텍스트를 읊고, 영화 속 인물들은 대사를 주고받고, 소설도 그렇지요. 서술자는 자기가 만든 인물에 대해 무슨 할 말이 그렇게 많은 지. 미술은 말이 없어요. 회화나 조소로 한정하자면, 걔들은 그냥 거기 있어요. 비가 오나 눈이 오나 그 안에, 전시가 끝날 때까지는 그 안에 머물러요. 가만히. 죽은 듯이. 저는 봐요. 그리고 물어요. 한참 그러고 있자면 귀를 기울여야만 들을 수 있는 작은 소리로 무얼 말하기도 해요. 듣고자 하는 마음이 있는 사람에게만 들리는 아주 비밀스러운 속삭임이에요.

언니에게도 나누고 싶어요. 2021년 12월 31일 아침 누군가에게 보냈던 편지의 일부예요.

> 1922년에 태어나 1973년에 죽은 미술가의 자소상을 최근에 보았어요. 5년 전 이 작가의 작업을 처음 보았을 때 조각상이 살아 있다는 이상한 느낌을 받았는데 이제 알게 되었어요. 착각이 아니라는 걸요. 조각들은 살아서 숨 쉬고 있었어요. 자소상의 옆모습을 바라보면 제 시선은 자연스레 자소상의 시선이 향하는 곳으로 이동하게 되는데요. 무엇을 보고 있었냐고, 무엇을 바라고 있느냐고 질문하게 됩니다. 그러면 자소상이 되물어요. "당신은요?" 동시대를 살았더라면 우리는 만나지 못했겠구나. 서로를 제때에 놓쳐서 나는 이 사람을 영원히 미화할 수 있게 되었구나 생각했네요.

작년 12월 PKM 갤러리에서 권진규의 조각과 그것을 찍은 목정욱의 사진을 전시한 《불멸의 초상》을 보았어요. 갈망하는 얼굴 앞에서 저는 답이 돌아오지 않을 질문을 했고, 밖에는 눈발이 흩날리고 있었어요. 2021년의 마지막 날 아침, 저는 보고 싶은 사람에게 이 순간을 적어 보냈습니다.

언니는 운명이 있다고 생각하나요?

영화 <세렌디피티>에서 조나단과 사라는 각자 결혼을 앞두고 몇 년 전 뉴욕에서 스친 서로를 떠올려요. 터무니없이 운명을 믿었던 그 여자. 운명 타령하다가 놓친 그 남자. 두 사람이 같이 보낸 시간은 채 반나절도 되지 않았지만 함께 스케이트를 탈 때, 조나단이 사라의 팔에 난 점을 이어 카시오페이아 자리를 그려주었을 때, 아이스크림을 먹으며 우연한 행운에 관해 이야기했을 때, 아니 그보다 앞서 붐비는 백화점에서 같은 장갑을 집어 들며 눈이 마주친 그 순간에 그들은 서로가 자신의 영혼을 이해할 수 있는 사람이라고 느꼈는지도 몰라요.

침대에 반쯤 기댄 채로 줌 링크를 눌렀을 때, 나이 지긋한 중년 남자가 등장할 거라는 예상을 깨고 웬 덩치 큰 곰 같은 젊은 남자가, 안경을 끼고 스웨터를 입은 30대 중반쯤 되어 보이는 남자가 어색하게 앉아 있는 걸 보았을 때, 정각이 되자마자 "안녕하세요" 인사 하고는 느릿느릿 자기소개를 하는 순간에 저는 웃고 있었어요. 네, 맞아요. 제가 말했던 그 남자예요.

그 사람을 보고 있으면 저는 이해받는 기분이 들어요. 그 사람이 문득문득 던지는 짧은 말의 의미를, 그가 좋아하고 싫어하는 것들, 그 이유를 저는 알 것 같거든요. 사라는 조나단에게 각자 엘리베이터를 탄 뒤 같은 층에서 내리면 우리가 운명인 거라고 말했지만, 운명인지 아닌지는 끝까지 가봐야 알 수 있는 것이에요. 시작도 못 하고 덮어 버린 이야기, 열어보지 않은 선물은 평생 미련으로 남을 테니까요.
네, 언니의 예상이 맞아요. 또 이런 마음으로 언니의 제안을 덜컥 수락해버렸네요?

  우리의 편지가 끝날 즈음이면 제 운명을 확인할 수 있을까요. 저는 너무나 궁금한데요. 저의 운명, 언니는 궁금하지 않은가요?

  건희

- 권진규×목정욱《불멸의 초상》, 2021.11.27~12.28, PKM 갤러리
- 피터 첼솜 감독, 〈세렌디피티〉, 2002

우리, 운명의 점을 이어볼까요

이 편지들의 절반 정도는 미술이 아닌 얘기로 채워질 거라고 생각했지만 이렇게 첫 편지부터 운명 얘기로 시작할 줄이야. 처음 같이 밥을 먹자고 청했을 때부터 그랬지만, 당신은 늘 상상 외의 무언가가 있어요.

운명이요, 글쎄요. 반쯤 믿는달까요. 사실 사주와 별자리 점성술 얘기라면 몇 시간을 할 수도 있어요. 제 사주의 대운과 허리 디스크와 마리나 아브라모비치의 상관관계에 관해 얘기한 적 없었나요? 〈세렌디피티〉는 저도 재밌게 본 영화였어요. 너무 엇갈려서 나중엔 답답할 지경이었다니까요. 한동안 제게 엇갈리는 운명의 상징 같은 영화였는데, 그 이후 영화 〈원데이〉에게 자리를 내 주게 되었죠. 그 영화도 서로의 운명이었던 두 사람이 20년을 돌고 돌아 결국 만나는 이야기잖아요. 하지만 저는 사람의 선택과 행동에 따라 잡을 수도, 놓칠 수도 있는 게 운명이라고 생각해요. 저도 예전의 그 사람이 제 운명이라고 생각했거든요.

　　엄마가 늘 하는 얘긴데, 젊었을 때 본 사주에서 첫 아이가 예술가가 되어 이름을 날린다고 했대요. 제 글에서 좋은 성과가 있을 때마다 엄마는 그 얘기를 해요. 이게 바로 운명일까요? 하지만 제가 이 방향으로 걷고 있는 이유가 운명만은 아닐 거예요. 운명이 반이라면, 그 운명의 방향을 지지한 엄마의 믿음과 거기 뿌리내리고 자란 제 삶이 나머지 반이 되지 않을까요?

얼마 전 국제 갤러리에서 루이스 부르주아의 전시를 봤어요. 한 번은 일 때문에 급히, 한 번은 좋아하는 동료와 둘이 찬찬히. 참 이상해요, 같은 공간의 같은 작품이라도 보는 템포와 함께하는 사람, 보는 목적에 따라 다른 게 보여요. 처음 봤을 때에는 자주 보지 못했던 부르주아의 드로잉이 가진 매력에 감탄했다면, 두 번째 봤을 때엔 그의 삶에 관해 생각했어요. 아버지로 인해 배신감과 불안에 시달렸던 성장 환경이 이 사람을 작가의 삶으로 이끌기 위해 주어진 운명이었을까, 그렇다면 부르주아는 운명을 따라 작가가 된 걸까?

　　사실 저는 주어진 환경이 운명이 될 수는 있지만,

일정한 순간 이후부터는 스스로 만들어간 거라고 생각해요.
부르주아의 인터뷰를 읽고 그런 확신이 강해졌거든요.
'어제와 내일의 균형'을 맞추면서 계속 나아가는 심지는 단지
운명으로 부여받은 건 아니라고 생각해요. 그 멋진 마음이
그저 운명으로 정해진 것뿐이라면 사람의 노력은 너무
슬프잖아요.

  제가 당신에게 건넨 눈빛이 단호하게 보였다면
성공이네요. 저는 무언가를 결정할 때마다 속으로 벌벌 떠는
사람이에요. 맞아요, 저 요즘 바빠요. 그래서 오히려 아무거나
시작하지 않아요. 저는 돌다리가 부서질 때까지 두드려보고
건널 채비를 시작하는 사람이거든요. 리스크를 가지고도
시작한다는 것은 후회하지 않을 무언가 보았기 때문이에요.
그날 우리에게 짧은 시간밖에 없었잖아요. 그래서 잠깐 마주
앉은 동안 눈빛으로 믿음을 주려고 얼마나 애썼는지. 저는
그렇게 건넨 믿음이, 그 믿음을 딛고 일어난 용기가 사람을
운명으로 이끈다고 믿어요.

근데 또 사랑에서는 운명의 힘을 믿고 싶다는 생각을 하기도
해요. 그냥 나를 맡겨 버리면 되잖아요. 가만히 누워 있더라도
운명이 있다면 어떻게든 거기까지 닿지 않겠어요? 그래서
혼자 전시를 보다가 누군가를 마주치고 '우리 어딘가에서 만난
적 있지 않나요?'라는 대사로 시작하는 유치한 상상을 종종

해보기도 하죠. 아름다움을 발견하기도, 비밀스러운 이야기를 속삭이기도 좋은 이곳은 사랑을 시작하기도 좋은 장소가 아닐까 생각해요. 그거 알아요? 미술관에는 유난히 혼자인 사람이 많아요.

 아, 물론 아쉽게도 그런 에피소드는 전혀 없었어요. 혼자 미술관에 갈 때는 내가 바라보는 것에 집중하느라 나를 바라보는 시선을 느낄 새가 없었던 것 같아요. 역시 운명은 스스로 발견할 때 시작되나 봐요. 운명이 눈앞에 있어도 발견하고 붙잡지 못한다면 무슨 의미겠어요?

 그리고 그 운명의 순간은 아주 잠깐 스치듯 찾아오겠죠. 저는 그때마다 언젠가의 파리 여행에서 만난 마티스의 그림을 생각해요. 긴 여행 중 친구를 보러 4박 5일 들른 파리에서 내내 아팠어요. 일정 내내 가장 오래 머문 곳은 친구의 침대였고요. 비가 추적추적 오던 마지막 날 오후, 겨우 몸을 일으켜 친구가 예약해둔 마티스 전시를 보러 퐁피두 센터에 갔어요. 진통제 기운 때문에 몽롱한 상태로 금붕어 그림 앞에서 머물던 제게 친구가 말했죠. "우리가 이 그림 앞에서 머물 수 있는 시간이 긴 생을 통틀어 몇 초나 될까?" 갑자기 눈이 번쩍 뜨였어요. 이 순간을 붙잡아야겠다고 생각했죠.

그래요, 사실 저도 운명이 있다고 믿어요. 하지만 사람의 운명이란 건 굵고 뚜렷한 선이 아니라 작은 점 같은 거라고 생각해요. 우리의 손안에는 처음부터 주어진 여러 개의 점이 있고, 태어나면서 그걸 내 앞의 길에 뿌리는 거예요. 흩어진 그것이 나의 운명이고 그 점을 어떻게 이어갈지는 내 선택이에요. 가까이 있는 점만 이으며 근처를 맴돌지, 멀리 있는 점을 이으며 점점 앞으로 나아갈지, 혹은 타인의 곁에 있는 점을 선택해 그의 곁으로 다가갈지는 살면서 하나씩 결정하게 되겠죠. 끝까지 가보고자 하는 용기, 그건 결국 사람의 몫 아니겠어요? 저는 '그럼에도 불구하고'라는 말을, 그렇게 시작하는 서사를 정말 좋아하거든요.

할 말이 별로 없다고 했죠. 하지만 저는 항상 당신의 그 간결한 감상이 아름답다고 생각했어요. '나는 구구절절 설명하는데 이 사람은 참 단순명료하게 말하는구나'라고요. 그건 어쩌면 더 굳은 심지와 확신일지도 몰라요. 저는 때때로 스스로 흔들려서 더 많은 말을 하거든요. 작품도 그렇죠. 오랜 시간을 거친 삶이 만들어낸 이미지, 하고 싶은 말이 간결해진 작품을 존경해요. 참 신기하죠. 전시와 작품, 거기엔 삶이 전부 있어요.

저는 그런 아름다움을 발견하기 위해 전시를 보러 가요. 물론 거기 있지만 발견하는 건 제 몫이죠. 지난번 아트선재센터에서 같이 본 이지연 작가의 《얼룩무지개숲2》 기억하나요? 예술과 나노 과학의 협업으로 눈부신 풍경을 만들어냈잖아요. 하지만 그건 자연에 원래 있었던 구조색,

처음부터 거기 있었던 아름다움을 발견해낸 작업이라고
작가님이 얘기하셨죠. 때로는 억지로 끌어낼 필요가 없어요.
거기 있는 것만으로 충분하거든요. 거기 있는 당신의 마음,
이야기를 꺼내 줬으면 해요.

우리가 이렇게 된 것도 어쩌면 운명이 아닐까요. 제가 가진
점과 당신이 가진 점이 어디쯤에서 겹친 것 같아요. 수없이
쌓인 글 중에서 당신이 제 글을 발견했던 것처럼, 제가 당신의
눈빛과 거기 담긴 섬세한 용기를 발견했던 것처럼.
　십여 년 전 파리에서 본 마티스의 그림을 아직 단
한 번도 다시 만나지 못했어요. 죽을 때까지 못 만날 수도
있겠죠. 그때 그 5분이 그 그림과 저의 전부였을지도 몰라요.
남은 시간 동안 우리가 함께 보는 풍경이, 나누는 이야기가
얼마나 될까요? 어차피 몰라요. 하지만 눈앞에 어떤 점이
놓였는지는 알죠.
　운명도 결국엔 아름다움처럼 거기 있지만 발견해야 해요.
저는 제 삶의 근처에 던져진 당신의 운명을 발견한 것 같아요.
점을 잇는 건 당신의 몫이겠죠. 근데 그 운명의 자리가 어디쯤
인지 어렴풋이 알 것도 같아서, 왠지 같이 점을 이어보고
싶어졌어요.
　우리 같이 운명을 만들어보지 않을래요? 글도,
아름다움도, 사랑도. 그러고 싶어서 이 이야기를 시작하자고

했어요. 자, 이제 다시 당신이 점을 이을 차례예요.

사랑을 담아, 지연

- 루이스 부르주아 《The Smell of Eucalyptus》, 2021.12.16~2022.1.30, 국제 갤러리
- 이지연 개인전 《얼룩무지개숲2》, 2022.1.20~3.6, 아트선재센터
- 앙리 마티스 《Matisse, paires et series (Matisse, pairs and series)》, 2012.3.3~6.18, 퐁피두 센터, 프랑스 파리
- 론 쉐르픽 감독, 〈원데이〉, 2011

오늘의 아름다움

제가 일하는 학교 캠퍼스에는 나무들이 많아요. 나무도 있고, 연못도 있고, 새와 고양이들이 살고 있어서 건물을 빼고 보면 얼핏 작은 숲 같기도 해요. 매일 조금씩 달라지는 캠퍼스의 풍경을 보며 계절이 바뀜을 느껴요. 이곳의 가장 큰 복지는 언제든 책을 빌릴 수 있는 도서관과 경치예요.

  도서관 앞에 작은 목련 나무 한 그루가 있어요. 그 나무는, 제가 있는 건물 입구에 서서 왼쪽으로 고개를 돌리면 바로 눈에 들어오는 나무인데 빽빽이 심긴 나무들 사이에 있지 않고 홀로 떨어져 있어서 더 눈에 띄어요. 입춘이 지나고서였나 나뭇가지에 아몬드 모양의 초록색 싹이 돋았어요. 짧고 보송한 솜털이 덮인 아몬드 모양의 푸른 싹. 오늘 보니 크기가 커지고 더 뾰족해졌어요. 이 나무, 앙상한 가지만 남아있던 겨울에 참

예뻤어요. 작은 싹이 돋았을 때도 예뻤고요. 그런데 지금은 안 예뻐요. 애매한 크기의 초록색 싹이 숭숭 올라온 모양새가 영. 꽃봉오리가 되기 직전 상태가 제일 미운가 봐요.

　언니에게 첫 편지를 보내고 조금 후회했어요. 굳이 하지 않아도 될 말을 해서 언니를 서운하게 한 건 아닐까. 좋아하는 것들을 언니와 나누는 건 기쁜 일인데, 첫 편지서부터 쓰기 싫다고 투정이나 부리고요.

　저에게 글은 마음과 생각을 담기에는 빈약한 그릇 같아요. 군데군데 깨진, 오래돼 낡은 사기그릇이요. 그릇의 깨진 구멍 사이로 제가 소중히 여기는 것, 고귀하다고 생각하는 것, 아름다운 것들이 빠져나가요. 아직은 이것들을 잡아둘 말을 찾지 못했어요. 그렇지만 붙잡지 못해도 괜찮아요. 제가 더 말을 보태지 않아도 그 존재와 대상, 순간과 이야기들은 충분히 아름다워서요.

요즘 르네 위그의 『보이는 것과의 대화』를 읽고 있어요. 책을 읽을 때 기쁜 순간은, 설명할 수 없는 나의 마음 상태나 생각을 이보다 더 정확하게 표현할 수는 없겠구나, 그러니까 '내가 말하고 싶었던 게 이거야!' 라고 외치게 되는 순간이에요. 그 순간을 나누기 전에 이 이야기를 해야겠어요.

　최근 어떤 사람에게 질문을 받았거든요. "매일 그림을 그리는 AI가 있습니다. 이 그림은 예술인가요? AI는 예술활동을 하고 있습니까?"

    저는 이 질문이 이상하다고 생각했어요. 예술의 기준을 정하는 게 중요할까요? 기준을 정할 수 있다면, 무엇이 예술이고 아닌지 판단하는 건 누구일까요. 평론가? 기획자? 관람객? 작가? 작품을 전시하고 상연하고 혹은 행위하는 공간. 가끔은 하얀 벽으로 된 전시 공간이 이해할 수 없는 작품까지도 '와, 예술!'로 그 지위를 격상시킨다는 생각이 들어요. 사람들은 일단 미술관에 들어서면 어쩐지 평소보다 조용히 말하고, 천천히 걸어야 할 것 같은 기분을 느끼잖아요.

    저 질문은 예술을 일반적인 생활이나 노동과는 다른, 순수한 아름다움을 추구하는 어떤 행위로 전제하고 있는 듯해요. 제가 좀, 꼬인 걸까요.

그래서 대답했어요. 쓸데없이 길고 진지하게요.

    최근에 EBS 다큐 〈야생의 세렝게티〉를 보았습니다. 누 떼들이 줄지어 강을 건너고, 치타가 먹잇감을 찾아 유유히 초원을 누비고, 바위 위에 올라앉은 수사자의 황금색 갈기가 바람에 날리고, 기다랗게 뻗은 목을 가진 기린의 뒤로 세렝게티의 노을이 지는 영상이었습니다. 영상을 보다가 조금 눈물이 났는데 아름다워서였어요.

그리고 오늘 국수를 먹으며 식당 TV에 나오는 피겨 스케이트 선수 차준환의 쇼트 연기에서 저는 눈을 뗄 수 없었습니다. 기술과 연기와 음악이 합쳐진 4분 남짓한 퍼포먼스는 올림픽 빙상에서 펼쳐지고 점수가 매겨지니 이것을 예술이라 불러도 될지, 부를 수 있을지 모르겠지만 그의 몸짓은 분명 예술적이었습니다.

오래 전에 만들어져 사람들의 손을 타 때 묻은 책에서도 아름다움을 발견하고 잠시 숨을 고르는 저에게, 미술은 하얀 벽으로 둘러싸인 미술관 안에만 존재하는 것은 아닌 듯합니다. 미술보다 미술적인 것, 연극보다 극적인 것을 일상에서 만납니다.

네 살짜리 아이가 양손에 크레파스를 쥐고 도화지 위에서 즐겁게 노닌 결과물과 인공지능이 그린 그림과 실제 미술작가가 그린 그림을 저는 구분하지 못할 수도 있겠지요. 하지만 세 개의 그림을 실제로 보고 가장 마음에 드는 그림을 꼽을 수는 있을 거예요. 계속 바라보고 싶다면, 어느 날 문득 다시 떠오른다면, 질문이 꼬리에 꼬리를 물고 이어진다면, 저를 이곳 아닌 다른 먼 곳으로 데려가는

그림이라면, 그 작품의 창작자가 네 살 아이든
AI든 미술계에서 촉망받는 작가든 저에게 중요하지
않아요. 그런데 AI가 사람의 영혼을 사로잡을 만큼
생명력이 느껴지는 작품을 만들 수 있을지는….
잘 모르겠네요.

르네 위그는 말했어요. "가장 원시적인 사회에서 미술은
모든 창조에 깃들어 있다. 그 창조가 아무리 보잘것없는
것일지라도. 아프리카와 오세아니아의 야만적인 사회나 옛
도시, 어떤 농촌의 삶, 민중의 삶이나, 그 어디에서라도 가장
실용적인 물건, 대수롭지 않은 그릇이나 평범한 천 같은 것이,
조화로운 형태나 혹은 장식적인 감각으로 놀라운 충격을
준다." 그러면서 어째서 문명이 발전할수록 미술이 지적인
탐구처럼, 쓸데없이 추가된 사치처럼 보이냐고 질문해요.

숟가락, 찬장, 화병, 병따개, 베갯잇, 물 잔, 스웨터 같은
일상의 물건도 충격적인 아름다움을 가져다 줄 수 있어요.
작년 여름에 국립현대미술관 서울관에서 열린 양혜규 작가의
전시 «O_2 & H_2O»에서 본 김우희 목수의 목우공방 숟가락이
생각나요. 나무의 결이 드러난 숟가락들은 무척 아름다웠어요.
생활과 예술의 경계를 포착한 아름다운 작업들이었다고
생각해요.

위그는 창조하는 사람과 노동하는 사람, 즉 예술가와

노동자로 역할이 양분되면서 미술에서의 아름다움도 자연적인 성격을 잃어버렸다고 말해요. 아름다움은 엘리트의 지적 탐구로 찾을 수 있는 가치가 아니라 산책길에 우연히 만난 햇볕처럼 그저 발견되는 것이라고 생각해요.

전시 서문을 쓰고 미술 비평을 하는 언니에겐 전시 보기가 일이죠. 저에게는 여가라서, 한참 바쁠 땐 미술관에 가지 못하고 계절이 바뀌어 버리기도 해요. 그래도 아름다움은 여기 미술관 밖에도 있어요. 지금 창밖에 소나무가 몹시 흔들려요. 바람이 많이 부나 봐요. 키가 큰 사람이 몸을 휘적거리는 듯이 흔들리는 나무에서 눈을 뗄 수 없네요. 기온이 많이 올라갔지만 봄바람이 아직 차요. 집을 나설 땐 꼭 외투를 챙깁시다. 양말도요. 3월에 속으면 안 돼요.

  건희

- 르네 위그, 『보이는 것과의 대화』, 열화당, 2017
- 양혜규 개인전 《MMCA 현대차 시리즈 : 2020 양혜규-O_2 & H_2O》, 2020.9.29~2021.2.28, 국립현대미술관 서울관
- 〈야생의 세렝게티〉, 2018.9.22~9.23, EBS

가려진 마음을 발견하는 일

정말, 다들 어찌나 내 양말을 챙기는지. 누가 보면 한겨울에도
맨날 양말 없이 다니는 줄 알겠어요. 아껴주는 마음에
고맙기도, 한편으론 다 커서 양말 때문에 혼난다는 게
웃기기도 해요. 근데 정말 며칠 전엔 집 근처에 맨발로
플랫슈즈를 신고 나갔는데 하나도 안 추웠어요. 3월이
변덕스럽긴 하지만, 그래도 서서히 봄이 오고 있나 봐요.

답장이 늦을 거라 생각했어요. 아니 어쩌면 제가 생각한
것보다 빠르게 답장이 왔네요. 긴 원고를 쓰다 보면 몇 번의
고비가 있는데, 큰 고비는 꼭 중간에 와요. 의외로 쓰기 어려운
부분이 있거나 자료 수집이 만만치 않거나, 그런 외부적인 것
말고 마음에 관한 문제들이에요. 무언가 의식하기 시작하면

일이 어려워지거든요. 그래서 저는 항상 일에 생각이 더해져 거대해지기 전에 실행하는 걸 목표로 삼아요.

그래서 두 번째 편지부턴 왠지 '아, 이게 진짜구나' 싶어서 어떤 말을 써야 할지, 언어를 고르느라 어려워하지 않을까 생각했어요. 그런데 요령 하나 알려줄까요? 애초에 쓸 때부터 이건 퇴고할 때 지워버릴 글이라고, 하고 싶은 말 마음대로 써버리고 나중에 지울 거라고 생각해버리면 좀 더 쉬워요. 퇴고하는 미래의 자신에게 판단을 미루는 거죠. 저는 보통 그래요. 지금 쓰고 있는 이 편지도 여차하면 수신인이 단 한 명이 될지도 모른다고 생각하면서 쓰고 있어요.

근데 괜찮을 거예요. 저는 보통 편지를 받으면 그 자리에서 열어보지 않고 되도록 여유가 있을 때 찬찬히 읽어보려고 해요. 일단 읽기 시작하면 하고 싶은 말들이 방울방울 떠오르는데 여유가 없을 때 스쳐 지나가듯 읽으면 그 방울들을 놓쳐버리거든요. 그러다 보니 읽은 후에는 바로 다음 편지의 초안을 써요. 이상하게도 금방 할 말이 떠오르는데, 이렇게 쉽게 써내도 되나 싶을 정도라니까요. 그런 마음을, 글을 전달하는 친구가 부족할 거라고 생각해본 적은 없어요.

일상적인 것이 가장 예술적이라는 말 하니까 생각나는데, 혹시 샤르댕의 그림을 본 적 있나요? 18세기 프랑스 화가인데, 왕족이나 귀족의 삶이 아니라 평범한 사람들의 소박한 삶을 있는 그대로 드러내는 그림을 그렸던 화가에요. 저는 그의 인물화보다는 정물화를 좋아해요. 물병, 컵, 냄비, 숟가락, 과일, 계란처럼 일상에서 흔히 볼 수 있는 서민들의 물건을 주로 그렸는데요. 그 물건들은 샤르댕의 그림 속에서 자신의 본질을 바닥까지 드러낸 것처럼 보여서, 저는 그것들이 무생물임에도 어쩐지 '신뢰'라는 단어를 건네고 싶어져요.

몇 년 전 서울시립미술관에서 열렸던 《씨실과 날실》이라는 전시에서 전소정 작가의 〈어느 미싱사의 일일〉이라는 영상작품을 봤어요. 미싱으로 옷감에 이름이나 문구를 수놓는 나이 든 미싱사의 움직임은 마치 하나의 연주 같았죠. 눈으로만 보고 있는데도 리듬감이 흘러넘쳤어요. 그의 내레이션이 너무나도 인상적이라 오랫동안 작품 앞에 앉아서 그 말을 받아적은 기억이 나요.

그는 자신의 움직임을 '한없는 헛걸음', '아무 곳에도 이르지 않는 걸음'이라고 했지만, 한편으로는 또 '대단한 일, 실로 대단한 걸음', '아름다운 일, 실로 아름다운 걸음'이라고 했어요. 어떤 사람은 시간 속에 흩어질, 무의미한 일이라고 생각할지도 모르겠지만, 누군가의 이름을 정성스런 반복으로 수놓는 그 손짓을 간과할 수가 없었어요. 외롭지만 아름다운 움직임이라고 생각했어요. 마치 당신이 이야기했던 김우희 목수의 숟가락처럼요.

아름다움은 어디든 존재하지만 우리는 그걸 쉽게

발견하지 못하죠. 아름다움뿐 아니라 다른 가려진 이야기들도요. 작가들은 그걸 드러내기 위해 작품을 만들고, 저는 사람들이 더 쉽게 발견하게 하기 위해 써요. 우습죠, 번역에 번역을 거듭하다니, 그 자리에 너무 당연하게 존재하는 걸 위해서 말이에요. 하지만 누구에게나 발견이 쉬운 건 아니거든요.

얼마 전 밤의 공원을 달리고 있었어요. 제가 늘 달리러 가는 그 공원에 얼마 전 임시선별검사소가 설치되었고, 낮엔 사람들이 넘쳐나는 바람에 최근에는 계속 밤에 공원을 찾았어요. 그날도 그랬죠. 어두워졌고 검사소 앞엔 아무도 없었어요. 한밤의 공원에는 겨우 몇 명의 사람, 그리고 몇 마리의 개가 있을 뿐이었지만, 붐비는 낮 시간을 증명하듯 대기줄 안내, 드라이브 쓰루 폐쇄, 접수 마감 같은 팻말들이 즐비했고요. 그 정지의 이미지 사이를 달렸어요. 그리고 이내 공원 한가운데 있는 'LIVE'라는 팻말, 정확히는 농구대로 쓰이고 있는 그것을 마주쳤어요.

모두 자주 보던 것들인데 그날은 어쩐지 달라 보였어요. 어쩌면 멀리서 시작된 전쟁 때문인지도 모르겠어요. 저는 달리는 내내 '메멘토 모리'를 생각했어요. '죽음을 기억하라'는 말을요. 그리고 도처에 깔린 죽음과 정지의 이미지 앞에서 되려 살아야겠다고, 이 모든 악몽이 언제 끝날지 모르지만 될 수 있으면 오래 버티며 잘 살아야겠다고 생각했어요.

그런 생각을 하게 만든 현실의 이미지들이 어쩐지 잘 구성된 설치작품 같다고 생각했어요. 그 순간 제게 공원은 하나의 전시장이었고요.

    문득 미학과 미술사를 함께 공부했던 대학 친구들과 일상의 사소한 틈이나 평범한 사물 하나를 일종의 개념 예술로 만들며 나눴던 농담들이 떠올랐어요. 정말 우리끼리만 아는 농담인데, 꽤 그럴듯하니 재미있었거든요.

    근데 다른 곳에서 그 농담을 꺼내면, 그토록 지적이고 흥미로웠던 농담은 의미 없는 말이 되어 버렸어요. 최악의 경우엔 지식 자랑이 되어버렸고요. 배경과 맥락을 모르는 사람에게 그건 유머가 아니라 공허한 울림이었어요. 그때 알았죠, 어떤 유머는 아는 사람끼리만 알 수 있다고, 아무리 재미있는 것이라도 그걸 발견하게 하는 건 학습과 훈련이라고, 현대미술의 위트야말로 '우리끼리의 농담'일 수 있다고.

그러니 아름다움이 거기 있어도 발견하고 연결하지 못하는 이들도 있을 거예요. 그래서 저는 늘 발견해내지 못하는 시선을 생각해봐요. 내게 당연한 것이 타인에게도 당연하다고 여기지 말자고 늘 새겨 두어야 그나마 근처에라도 닿거든요.

    은유적인 시각 언어가 당연하지 못한 이들을 위해서 우리는 작품이 돋보이게 화이트 큐브 안으로 옮기고 때로는 설명을 곁들이곤 해요. 전시장이란 공간이 종종 별것도 아닌 사물에게 권위를 부여해버린다는 부작용이 있지만, 반면 그렇게 일상성을 제거함으로써 경험하는 낯섦, 다른 시공간으로 인지해보는 감각은 숨겨진 이야기와 아름다움을 좀 더 또렷하게 만들어주거든요. 훈련되지 않은 사람이라도 그런 경험을 통해 예술에서 무언가를 자꾸 발견하다 보면, 어느 날 아무렇지 않은 안온한 일상에서도 피막을 찢고 무언가 발견하려 들 테고, 또 이내 발견하게 될 테니까요. 그곳을 통과한 사람들의 다음은 무언가 다를 거예요.

그러면서 한편으론 작품이 얼마나 친절해야 할까, 하는 생각도 들어요. 얼마 전 국립현대미술관의 《올해의 작가상 2021》에서 선보였던 오민 작가의 〈헤테로크로니의 헤테로포니〉라는 작품 말예요. 이미지와 소리와 빛, 공간과 관객의 즉흥적 움직임과 시선, 생각 등이 다양하게 관계 맺을 수 있도록 배치하고, 감상자에 따라 다른 감각을 느낄 수 있도록 하는 그 작품이 저는 정말 좋았거든요. 지금 여기 함께 있지만 다른 시간을 경험하는 현대 사회의 복잡성, 그러면서도 모든 것이 하나로 얽힌 시간의 덩어리를 영리하고 감각적으로 표현한 작품이라 짜릿했어요.

    그런데 이 작품은 이해하기 어렵다는 후기가 많은 작품이기도 했어요. 제 감상은 긴 시간 예술 언어를 학습한 사람이, 꽤 오래 전시장에 머물며 느낀 것이었으니 보통

관객과는 다를 수도 있겠죠. 층위가 복잡한 예술을 자주
접하지 못했던 이들이 그 작품을 이해하지 못한 게 잘못이라고
생각지는 않아요. 그렇다고 작가가 모든 사람이 이해할 수
있을 만큼 쉬운 작품을 만들어야 한다고 생각지도 않고요.
작업은 교육이 아니잖아요.

    예술 작업은 작업은 말을 건네는 것과 같아요. 하고 싶은
말을 충분히 섬세하게 건네고, 다음은 이야기를 건네받는
사람의 책임이겠죠. 얼마 전, 제가 한 말이 다른 사람을 통해
전해지고 전해진 끝에 상처 입은 사람이 있었다는 사실을
알았어요. 그리고 그 사실이 원치 않게 공표 당해 저 역시
상처를 입었어요. 오해였다는 것이 후에 밝혀졌지만, 잠시나마
타인이 저를 다른 모양으로 여긴 사실은 달라지지 않았죠.
처음엔 더 섬세하게 말하지 못한 저의 잘못이라고 생각해 꽤
오랫동안 가라앉았어요.

    하지만 사람과 사람을 건너 전달된 말을 제가 어디까지
책임져야 할까요, 그 건너 건너의 마음까지 헤아리지 못한
게 잘못이었을까요. 회복하는 데에 시간은 걸렸지만, 제
책임이 아니라는 결론을 내렸어요. 제가 할 수 있는 말을,
제 가치관과 도덕 안에서 책임 있게 꺼냈고, 거기까지가
전부였다고 생각해요. 모든 경우의 수를 예측하고 대비할 수는
없으니까요. 작품도 그렇다고 생각해요.

    작품이 자신의 이야기를 제대로 꺼냈다면, 이제 작품과

관객 사이에 있는 미술관의 역할이 남겠죠. 저는 그래도 미술관은 작품보다 친절해야 한다고 생각하는데, 그게 꼭 텍스트나 도슨트일 필요는 없다고 생각해요. 작품과 작품을 잇는 뚜렷한 기획, 그리고 공간과 작품이 자연스레 어우러지게 하는 동선과 디스플레이가 작품의 아름다움을 물 흐르듯 발견하게 만들고, 결국 그것이 관객과 작품을 더 가까워지게 이어주거든요.

    작품에 담긴 사람의 마음, 그 사람이 작품에 담은 언어, 그 언어가 닿고자 하는 곳, 그것을 발견하려고 도착한 사람들, 모두를 연결하는 일이겠죠. 어쩌면 그것을 연결하는 큐레이터나 에듀케이터의 일조차, 미싱사의 손길처럼 하나의 일상적인 예술이 아닐까 생각해 봅니다. 그런 방식으로 가려진 마음을 발견하는게 예술이 해야 할 일이 아닐까요? 마음을 가린 장막을 혼자서 모두 걷어내기는 어려워요. 서로 이야기를 주고받으며 우리가 삶에서 신뢰할만한 것, 지켜내야 할 것들을 발견하는 게 우리가 예술에서 구해야 할 진실이라고 생각해요. 마치 샤르댕의 정물에서 본 것들처럼요.

봄꽃이 아름다워질 계절이 곧 다가와요. 전시장은 언제가 성수기냐는 질문을 종종 듣는데, 전시장의 성수기는 사람들이 나들이를 자주 나서는 봄과 가을이래요. 누군가에게 전시장은 치열하게 삶을 발견하는 곳이지만, 누군가에겐 삶의 작은 일부를 할애하여 드물게 누릴 수 있는 여가생활이거든요. 저는 이 지점이 미술인들이 잊지 말아야 하는 것 중 하나가 아닐까 싶어요.

근데 사실 저는 겨울에 전시장을 더 많이 찾아요. 밖에서는 오랫동안 걷고 또 바라보아야 아름다움을 발견할 수 있는데, 정말이지 너무 춥거든요. 날씨가 따뜻해지면 밖에서 아름다움을 발견하기 훨씬 수월하죠. 게다가 봄부터 연이어 자라는 나무와 풀, 온갖 꽃들은 저마다 너무 아름다워서 때론 황홀하고요. 황홀하게 아름다운 사이에서 오히려 쓸쓸함을 발견하기 더 쉬운데, 대조적인 이미지의 격차에서 발견되는 틈이 제게는 훨씬 아름다운 것으로 남아요. 그 틈을 통과하며 걸을 때마다 어딘가 달라지는 저 자신을 느껴요.

작년에 전시를 보고 나와 우연히 벚꽃비가 내리는 거리로 들어섰던 날 기억하나요? 저는 그날부터 지금까지 많은 것을 통과했고 또 달라졌어요. 시선을 다른 곳으로 돌려 보았고, 전에는 보지 못한 것들을 많이 봤어요. 아름다운 걸 통과할수록 시야는 더 넓어져요. 하지만 또 저는 그대로 여기 있어요.

당신의 사계절은 어땠나요? 무엇을 통과했고 또 남겼을까요. 많이 궁금해요. 우리 이번 봄에도 서촌을 걸으러 갈까요. 벚꽃비가 내린다면 좋겠고, 그저 봉오리만 봐도 괜찮겠어요. 지난번의 그 맛있는 스콘을 사러 가도 좋고요.

아름다운 것들을 실컷 보다가, 우리가 시선의 방향을 바꾸었을 때, 새로이 눈에 들어올 것이 무엇인지 궁금해져요.

참, 쓰기 싫다는 말이 어때서요. 저는 맨날 하는데. 심지어 어제도, 조금 전에도 했어요. 심지어 저는 꽤 자주, 내일은 쓰지 않는 삶을 살 수도 있다고 생각해요. 아니, 사람이 다른 선택을 할 수도 있죠. 아름다움도, 발견하고 표현하는 일도, 예술에만 있는 게 아니잖아요. 제가 쓰지 않아도 아름다움이 거기 있는 것처럼, 쓰는 삶이 아니라도 제 삶은 거기 있어요. 삶은 당연하지만 쓰는 일은 당연하지 않아요. 아까 죽음의 이미지 앞에서 삶의 역동을 생각한 것처럼, 신기하게도 당장 내일이면 쓰지 않을 수 있다고 생각할수록 더욱 쓰게 돼요. 이상한 일이지만 한편으론 이치에 맞는 일이 아닌가 싶기도 해요. 그러니까 쓰기 싫다는 말 따윈 생각보다 쉽게 해도 괜찮아요.

　　다음 답장은 서두르지 말았으면 좋겠어요. 마음이든 몸이든 글이든 급하면 체하거든요. 체하면서 무리할 필요 없는, 되도록 천천히 누려야 하는 좋은 계절이잖아요. 혹시나 너무 서두르는 마음에 어깨에 힘이 들어간다면 김수영 시인의 〈봄밤〉을 읽길 추천할게요. '애타도록 마음에 서둘지 말라'는 그 문장에 기댔던 날이 많았거든요, 저도.

　　그럼 저는 이만 뛰러 나가볼게요. 예술과 글에만 파묻히기에는 너무 아까운 날씨예요. 제가 뛰는 공원에는 무척이나 좋아하는 목련 나무가 있어요. 언젠가 소개해 주고 싶어요. 우리 동네에는 그 목련 나무와 제가 종종 찾는 구석진 카페 외에는 정말 아무것도 없는데, 그래서 더욱 아무것도 신경 쓰지 않고 얘기 나누기 좋은 곳이기도 해요. 따스한 날에 한번 놀러 와요.

    봄의 마음을 담아, 지연

- 《씨실과 날실로》, 2018.4.17~6.3, 서울시립미술관
- 《올해의 작가상 2021》, 2021.10.20~2022.1.30, 국립현대미술관 서울관

봄에서 여름

미미의 미술 순례기 1부

언젠가 한 번은 하고 싶었던 이야기, '나'를 주어로 할 수 없어서, **미미**가 태어났습니다.

  언니가 제 생일에 안겨준 생동감 넘치는 노란 꽃다발은 아직 시들지 않고 식탁 위에 있어요. 노란 튤립이 말을 걸어와요. 계속해 보라고요. 그 말에 기대어 **미미**가 천천히 제 이야기를 시작하네요. 부디 재밌게 읽어주세요.

  1.

열아홉 살의 미미는 한 그림을 발견한다. 어느 소설책의 표지로 쓰인 그림이었다. 그림의 제목은 <라스 메니나스>.

우리말로 '시녀들'. 벨라스케스라는 스페인 화가가 그린 그림이었다.

　　미미는 그림에서 눈을 뗄 수 없었다. 금방이라도 눈물이 나올 것 같았다. 예쁘장하게 생긴 공주, 에스파냐의 국왕 펠리페 4세의 딸이 가운데 있고 그 옆에 공주의 시녀로 보이는 소녀들이 서 있다. 시녀들 아래 개가 있고, 소녀의 뒤로 공주를 그리는 화가 자신이 있다. 거울에는 이들을 바라보는 왕과 왕비가 있다. 어린 시녀들 너머로는 수녀와 남자 수행원이 있다. 그 시대 왕궁의 여러 인물이 등장하는 이 그림에서 미미의 눈을 사로잡은 건, 공주보다 얼굴이 두 배는 큰 시녀였다. 입꼬리가 처지고 울퉁불퉁한 얼굴을 가진 시녀에게서 미미는 자신을 보았다. 아무도 사랑하지 않고, 아무도 바라보지 않는 나. 박민규의 소설 『죽은 왕녀를 위한 파반느』 속 '그녀'같이.

　　미미는 그림을 보고 또 보았다. 컬러로 프린트해서 일기장 표지에 붙여놓았다. 그리고 이 그림을 소장하고 있는 스페인 마드리드 미술관을 인터넷에 검색해 보았다.

　　훗날 미미는 미술사 강의에서 벨라스케스의 <라스 메니나스>가 왜 대단한지, 그 구도와 비율, 구성의 탁월함에 대해 배우게 되지만 금세 잊어버린다. 앞으로도 미미에게 <라스 메니나스>는 들러리 같았던 자신과 똑 닮아서 마치 너는 혼자가 아니라고 말해주는 듯했던 시녀의 모습으로 남아있을 것이다.

한동안 미미는 이 그림이 너무 좋아서 나중에 (생길) 연인이 자기에게 프로포즈를 하면 이 그림 앞에서 했으면 좋겠다고 생각하기까지 했다. 열아홉 살 미미에게는 터무니없이 낭만적인 상상만이 유일한 숨구멍이었다.

미미는 학창시절에 한 번도 연애를 하지 않았다. 고등학생 때는 수학 선생님을 좋아했지만 그가 이미 애가 셋이나 있는 유부남이라서 이루어질 수 없었다. 미미는 "아, 한 명이면 어떻게 해보겠는데…." 라며 과격한 농담을 하기도 했다. 그는 호기심과 광기로 충만한 여고생들의 짓궂은 장난에도 반응하지 않고 조용히 수업을 이어 나갔다. 그 모습이 미미에게는 근사해 보였다.
 아무튼, 미미는 수학 선생님을 제외하고는 좋아한 남자도 없었다. 연애에 관심이 없었던 건 아니지만 또래 남자들은 도저히 소통할 수 없는 외계의 존재처럼 느껴졌다. 그 나이대 남자애들에게서 나는 이상한 냄새도 싫었다.
 남자애들도 미미를 싫어했다. 학기 초에 가만히 입을 다물고 있으면 몇몇 애들이 관심을 보이며 다가오기도 했지만 미미가 말하기 시작하면 도망쳤다. 미미는 또래 남자들의 장난이라는 언어를 이해하지 못했다. 그건 장난이 아니라 폭력이었다. 성희롱이고 혐오발언이었다(당시에는 '혐오'라는 단어가 없었다).
 열다섯 살 때 미미는 같은 반 남학생과 맞장을 뜰 뻔한 적도 있었다. 그 아이는 한 여학생이 화장실에 간 사이에 그의 가방에서 생리대를 꺼내 뜯고 열어 보이며 "야, 이거 어떻게 끼는 거냐" 하고 제 머리통에 썼다. 미미는 화를 참지 못하고 그에게 달려들어 "이게 얼마나 더러운 짓인지 아느냐, 당장 내려놔라" 소리를 쳤다. 가방이 털린 여학생은 미미의 친구도 아니었다.

바울이었는지 사무엘이었는지 성경 속 인물의 이름을 가진 그 남학생은 이후 미미가 여자고등학교 진학을 결심하는 계기가 되었다.

미미는 바람대로 여고에 갔고 거기서 두 친구 A와 B를 만난다. 담임 선생님의 교과목은 미술이었다. 곰처럼 덩치가 크고 만화 <원피스>를 좋아하는 40대 남자였는데 1학년 담임 중 야간자율학습을 가장 잘 빼주는, 헐렁한 인품의 소유자였다. 미미와 친구들은 야자를 '째고' 극장에 성인영화를 보러 가기도 했다.

2학년이 되면서 셋은 흩어졌다. 미미를 제외한 두 사람이 미술대학 진학을 결정하면서 B은 예체능반으로 옮기고, A는 예술고등학교로 전학을 갔기 때문이다. 미미만 인문계에 남아서 수능 등급과 외로운 싸움을 벌여야 했다. 대학 간판에 큰 욕심이 없던 셋은 어찌저찌 현역으로 대학생이 되었다. 그리고 B는 미미와 같은 대학에 입학했다.

2.

대학에 막 입학한 미미와 친구들은 함께 곰브리치의 『서양미술사』를 읽기로 했다. B가 프랑스인 친구를 만날 겸 한 달 유럽여행을 계획하고 있을 때였다. 유럽의 미술관 투어를 하려면 미술에 대한 지식이 있어야 하지 않겠느냐고 모두 입을 모아 말했다. 그리고 미미도 곧 유럽을 가게 될 거라고 생각했다. 그때는 한 달 유럽여행이 대학생의 의무적인 버킷리스트 같은 것이었다. 의무와 버킷리스트. 양극단에 놓인 단어이지만 당시 많은 대학생들이 두 단어를 혼동했다.

B는 『서양미술사』를 몇 페이지 못 읽고 파리행 비행기를 탔다. A는 다른 대학생들과 함께하는 패키지 배낭여행으로 한 달 유럽여행을 갔다. 유일하게 곰브리치의 『서양미술사』를 다 읽은 미미만 떠나지 못했다. 미미는 학교 행정인턴과 여러 개의 과외를 포기할 수 없었다. 여러 가지 일을 경험하고 있으니 서울에서의 생활도 의미 있다고 미미는 생각했다. 아니, 그렇게 믿고 싶었다. 나는 못 간 게 아니라 안 간 거라고.

미미는 이렇게 생각하기도 했다. 작품의 비밀스러움은 그것과 대면하는 순간 사라진다. 로댕의 키스, 쇠라의 물놀이의 비밀. 그것에 대한 애틋함이 부풀어 오를대로 오른 지금이 가장 좋은 상태이다. 언젠가 때가 되면 만나게 되겠지. 그날은 분명 날씨가 좋을 거라고 미미는 생각했다.

친구들은 미미의 생각을 이해하지 못했다. 늘어가는 미미의 혼잣말을 겁쟁이의 자기 위로 정도로 생각했는지도 몰랐다. 그렇게 미미의 유일한 고등학교 친구들은 A와 B가 되었다. 누구나 될 수 있는 A, B. 먼저 오면 A가 되고 그다음에 오면 B가 되는, 그저 알파벳.

    당시 미미는 <세계의 미술관 순례>라는 교양수업을 듣기도 했다. 좁은 강의실에서 교수님이 보여주는 도판으로 세계의 미술관을 여행하는 것도 충분히 즐거웠다. 리포트를 쓰기 위해 평일 저녁 사람이 없는 미술관을 혼자 돌아다니며 넓은 공간에 저벅저벅 울리는 자신의 발소리를 듣는 것도 좋았다. 할아버지의 임종을 떠올리며 자코메티의 조각을 스케치하기도 했다.

    사람이 없는 어두운 미술관에서 미미는 무엇을 보았나. 미미가 경험한 것은 고독이었다. 저마다의 고독이 낳은 결과물들이 거기 있었다. 고독은 병이 아니고, 밟으면 터져 죽는 지뢰도 냄새나는 똥도 아니었다. 인간이 인간답게 살기 위해 통과하고 견뎌야 하는 시간의 양이었다.

    풍화작용을 이기고 우뚝 선 자코메티의 여인, 고개를 치켜든 권진규의 테라코타 조각과 로스코의 붉게 번져나가는 색면화 앞에서 미미는 외로움을 이해받는 기분을 느꼈다. 작가와 작품이 어떤 시간을 보냈는지, 눈 앞에 있는 작품이 어떤 의미를 담고 있는지 잘 알지도 못하면서, 거기 있는 것들이 뿜어내는 고독, 그 엄청난 시간의 두께에 압도되어 울었다. 미미는 고개를 숙이고 손바닥으로 얼굴을 가리고 울면서 주저 앉고 싶은 마음을 참았다.

3.

미술관이라는 공간에 오래 머물고 싶은 마음으로 미미는 시립미술관 인턴에 지원했다. 얼떨결에 붙었고 미미는 미술관에 방문한 관람객들에게 작품을 소개하는 일을 했다.

관람객의 연령대는 다양했다. 평일 낮에는 육십 대 이상 어르신들이나 미미 엄마 또래의 중년 여성들이 많았다. 방학인 1, 2월에는 초등학생들이 많이 왔다.

작품은 그대로인데 미미가 받는 질문은 매번 달랐다. 작품 가격을 물어보는 사람도 있었고 작가의 나이를 물어보기도 했으며 작품의 의미를 묻기도 했다. 나이가 지긋한 할아버지는 정미소를 그린 작품을 보고, 미미에게 정미소가 뭐 하는 곳인지 아냐고 묻기도 했다. 작품의 의미를 묻는 질문에는, 스크립트에 정리해놓은 내용을 달달 외워 말했지만 간혹 마음의 소리가 튀어나오기도 했다. "꼭 의미가 있어야 할까요?" 라든지 "그러게요. 저도 잘…." 같은.

도슨트 대본을 쓸 때도 작품의 의미나 의의를 정리하는 건 지루하고 재미없었다. 의미야 있을 수도, 없을 수도 있다고 미미는 생각했다. 보는 사람의 생각에 따라, 시대에 따라 달리 획득되는 것이라고. 특정 장소에 고정되어 있지 않은 설치작업처럼 있다가도 없어지고 없다가도 생겨날 수 있는 유동적인 것이라고 생각했다.

미미를 즐겁게 한 것은 의미가 아니라 '보는 방법'에 관한 질문이었다. 보는 방법은 미미가 작품을 수십 번 들여다보면서 스스로 깨우친 것이고 작품에 대한 미미의 생각을 담고 있었다.

"이 작품은 의자에 앉아서 보면 느낌이 달라요. 집 안에서 창 밖의 누군가를 내다보고 있는 기분이 들거든요. 한번 앉아 보실래요?"

"이 그림은 가까이서 보면 컴퓨터 픽셀을 확대해놓은 것에 불과하지만, 멀리서 보면, 여기 이쯤 서서 보시면요. 빛을 받아 반짝이는 강물이 연상되기도 하거든요."

특히 초등학생 아이들은 미미가 '보는 법'을 설명할 때 흥미로워했다. 몇몇 아이들은 신이 나서 자기가 발견한 것을 미미에게 전해주기도 했다. 아이들의 시선은 어디로 튈지 모르는 공처럼 예측 불가능해서 미미에게 그 자체로 새로운 영감이었다.

미미는 자기가 소개하는 작품들이 점점 더 좋아졌다. 설명하기 위해 여러 번 보다 보니 처음에는 보지 못했던 것이 보였다. 전시 도록에서 자주 발견한, '시대와의 조응'이란 말이 무슨 의미인지 어렴풋이 알 것도 같았다.

한 작가는 재개발이 예정된 주택 단지의 집집마다 찾아가 화분을 선물했다. 집주인과 함께 빈 화분에 흙을 담고 씨앗을 심었다. 그 과정을 사진으로 찍고 인터뷰를 기록물로 남겼다. 아스팔트 위에 조성된 다세대 주택가. 그곳의 주민들에게 작가는 흙을 나누어 주었다. 아주 작은 화분에 씨앗을 심고 거기 생명이 뿌리내리게 했다.

　　미미가 생각하기에 그건 일종의 저항이었다. 사회가 쫓아낸다고 내 터전을 잃을 줄 아느냐. 혼을 빼놓을 만큼 빠르게 돌아가는 세상 속에서 우리 존재가 부품으로 전락하게 두지 않겠다는 선언. 작가는 생명이 싹을 틔우고 자라날 작은 공간을 만들고, 그것이 삶에 자리할 여유를 허락했다. '고요하고 아름다운 저항이구나. 누구도 상처받지 않고 누구에게도 상처주지 않는.' 미미는 생각했다.

　　그런 작품들을 만나고 소중히 여기게 되면서 낯선 관람객들에게 말 거는 일에도 재미가 붙었다. 미미는 사람들에게 자연스럽게 질문을 하기도 했다. "꽃을 좋아하세요?" "화단을 가꿔보신 적이 있으신가요?"

　　4.

빌라 사부아. 미미는 이 건축물을 알랭 드 보통의 책 『행복의 건축』에서 알게 된다. 르 코르뷔지에는 빌라 사부아를 아름답진 않아도 기능에 충실하고 실용적인 건축물이라고 했지만 미미의 눈엔 군더더기 없이 곡선이 매끈하게 드러난 단순한 건축 양식이 충분히 아름다웠다. 그러나 이 아름다운 건축물에는 치명적인 결함이 있었으니 바로 방수가 잘 안 된다는 것이었다.

　　알랭 드 보통은 그 다음 장에서 켄 셔틀워스가 건축한

완벽하게 아름다운 크레센트 하우스의 사진 밑에 이렇게 썼다.
"삶은 보통 이렇지 않다."

미미의 삶도 그랬다. 미술관에서 발견한 아름다움과 현실 사이 간극은 갈수록 커졌다. 물이 새는 바람에 소송까지 제기된, 아름다운 빌라 사부아처럼. 영혼이 땅으로 고꾸라져 바닥에 내리꽂히는 느낌이 들 때마다 미미는 더 아름다운 것들 속에 파묻히고 싶었다 .

하지만 그럴 수 없었다. 졸업이 다가왔고 무엇을 해야 할지 무엇을 할 수 있을지 알지 못했다. 5년을 만난 애인이 떠났다. 미미는 원하지 않은 이별이었다. 미미의 사랑은 강제 종료 당했다.

사랑하는 사람을 잃은 상실감보다 자신의 인생에서 자기가 완전히 배제된 느낌이 더 견디기 어려웠다. 미미의 삶에서 미미가 선택할 수 있는 것이라곤 오늘 참치마요컵밥을 먹을지 제육컵밥을 먹을지 정도였다. 미미는 속이 텅 비어있는 느낌을 견딜 수 없어 먹고 또 먹었다. 하지만 아무리 먹어도 허함이 가시지 않았다.

어느 날 미미는 좁은 하숙방에서 눈을 떠 햇빛에 반사된 뿌연 먼지들을 바라보며 이대로 사라지고 싶다고 생각했다. 먼지처럼 소리 없이, 원래 존재하지 않았던 듯이. 미미는 불현듯 가슴 속에 하얀 파도 거품처럼 용기가 밀려옴을 느꼈다. 이 용기라면 무모한 생각을 실행에 옮길 수도 있을 것 같았다.

그때 한 소녀가 떠올랐다. 공주 옆에 들러리처럼 서 있던 시녀. 라스 메니나스. 아직 벨라스케스의 <라스 메니나스>를 보지 못했다. 취업이고 시험이고 다 내려놓고 그 그림을 보러 가야겠다고 미미는 생각했다. 이왕이면 한국에 쉽게 돌아올 수 없게끔 그곳에 발을 묶어 두어야겠다고 생각했다.

'발이 붕 뜨는 느낌. 무엇이든 할 수 있고 무엇이든 될 수 있고 어떤 한계도 극복할 수 있을 것만 같은 기분. 거침없이 말하고, 자유롭게 사랑하고, 내가 원하는 대로 내 삶을 만들어갈 수 있을 듯하다. 이런 착각은 어떻게 발생한 것일까.' 어느 날 미미는 전시 팸플릿의 빈 공간에 이렇게 쓰기도 했다.

미술관에는 선이 없었다. 여기까지만, 그 이상은 넘어오지 말라고 사회가 그어놓은, 보이지 않지만 분명하게 존재하는 선이 없었다. 그리고 작품들은 말이 없었다. 여기서의 말은 나누고 규정하는 일종의 틀이다. "이것도 아니고 저것도 아니면 그 관계의 이름은 뭐니? 뭐라고? 그런 건 들어본 적 없어." 사람을 단숨에 바보로 만들어버리는 말들.

거기에는 미미의 시간과 작품의 시간이 얽혀들면서 발생하는 새로운 리듬과 상상력만 있었다. 마치 세상에 존재하지 않는 섬 같았다. 환상의 섬 이어도처럼 오직 자신의 감각 속에서만 존재하는 바다에 누워 미미는 콧노래를 흥얼거리기도 하고 모래성을 쌓았다가 부수기도 하며 놀았다. 누군가 미미에게 미술관에서 무엇을 했냐고 묻는다면 미미는 그저 같이 시간을 보냈을 뿐이라고 대답할 것이었다.

그런데 말이지. 미미는 (또) 떠나지 못했다. 왜냐하면….

2부에서 계속됩니다.

- 에른스트 H. 곰브리치, 『서양미술사』, 예경, 2003
- 알랭 드 보통, 『행복의 건축』, 청미래, 2011

사랑이 있을 자리

지난번 편지를 받자마자 엄청 웃었지 뭐예요. 아니, 대체 이 친구는 어디까지 갈 건지.

    미미의 이야기를 읽으면서 제 십 대와 이십 대 초반을 생각했어요. 저랑 비슷한 구석이 많았거든요. 같은 시기였다면, 미미와 저는 좋은 친구가 되었을 텐데. 아니다, 어쩌면 그때의 저는 좀 더 유치하고 속이 좁아서 미미가 놀아주지 않았을지도 몰라요. 가끔 저보다 나이가 적지만 멋진 친구를 대할 때면 그런 생각을 해요. 우리가 같은 나이였다면 이 친구가 지금처럼 나를 멋있다고 생각해주지 않았을지도, 그래서 놀아주지 않았을지도 모른다고요. 권진규의 조각과 당신처럼, 우리도 시간의 차를 두고 만났기 때문에 가까워질 수 있었을 거라고 생각해요.

당신은 4월을 어떻게 보내고 있나요? 아직 4월이 끝나지 않았지만, 지나고 돌아본대도 아마 제 4월은 폭풍 같았다고 이야기할 것 같아요. 예상치 못한 일이 많이 생겼고, 아픈 곳이 생겨서 병원을 다니느라 시간도 체력도 너무 많이 썼거든요. 쌓아온 체력과 경험으로도 버거운 순간들이 많아서 다른 것을 생각할 겨를이 없었어요. 이달에 전시를 꽤 많이 봤는데, 아름다움을 느낄 여유가 부족했어요. 심지어 어떤 전시들은 잘 기억이 나지 않아요. 저는 분명 그 공간에 있었는데 말이죠.

제게 전시는 때때로 의무처럼 느껴져요. 멋진 작품들을 사랑하고 작가들을 응원하는 마음을 늘 갖고 있지만, 또 오랜 산고의 과정을 자세히 알 정도로 가까운 작가들의 작품과 전시를 보면 저까지도 벅찬 기분이지만, 봐야만 하고 가야만 하는 곳이 너무 많을 땐 지치기도 해요. 마치 경조사와 비슷한데요, 어떤 날엔 집을 나서며 정말로 '경조사 다녀올게!'라고 말하기도 하고, 아기는 1년에 한 번 낳지만 전시는 1년에 한 번이 아니라는 농담을 나누기도 해요. 친구의 결혼이 기쁘고, 아기도 정말 예쁘고, 막상 참석해서 지인들 얼굴도 보면 너무 즐겁고 좋으면서도, 절대적인 횟수가 많으면 힘들고 버거운 마음 있잖아요.

그래도 며칠 전 이목화랑에서 열리고 있는 이현우 작가의 개인전 «Flint»에 다녀온 건 잘한 일이었다고 생각해요.

지난주는 몸이 아픈 데다가 돌발 상황이 자주 발생해 많이 지쳐 있었거든요. 마침 날씨도 찌뿌둥해서 정말 밖에 나가고 싶지 않은 날이었지만, 작가님과 약속한 때가 다가와서 택시를 잡아타고 북촌으로 향했어요. 평일 낮의 전시장은 고요했어요. 그런데 동시에 꽉 차 있었어요.

그림 속 거리에 빽빽하게 쌓인 밀도에서 거기 있던 움직임과 소리, 온도의 흔적이 느껴졌어요. 텅 빈 거리는 아주 시끄러웠어요. 도로 위에 드리운 그림자들은 마치 시간을 가득 머금은 드로잉처럼 보였고요. 그림자의 질감이 눈으로 만져졌다고 이야기한다면 전달이 될까요. 몇 년 전부터 애정 어린 눈으로 쭉 지켜봤던 작업의 변화가 읽힐 때 느끼는 쾌감은 무엇과도 비교할 수 없어요.

전시를 본 뒤 작가님과 이야기를 나눴어요. 저는 이현우 작가의 큰 화면을 사랑했는데, 얼마 전의 그룹전에서 보았던 작은 화면들도 너무 좋았거든요. 근데 또 오늘 이렇게 큰 화면을 보니 역시 좋다고, 확실히 느낌이 다르다는 이야기를 했어요. 작가님은, 아무래도 화면의 크기에 따라 움직이는 범위가 달라지기 때문이라는 이야기를 하셨죠. 작은 화면에서는 팔을 쓰지만, 큰 화면에서는 어깨 전체를 움직이게 된다고요. 그러니까 그림에는 단지 붓과 물감과 캔버스만 존재하는 게 아니라 작가의 신체가 그대로 묻어나는 거였어요.

그 이야기를 듣자 그림의 표면 너머로 치열하게 움직이는

봄에서 여름

작가의 시간이 느껴졌어요. '부싯돌'이라는 전시의 제목처럼 제 마음속에 불꽃이 일어났어요. 저는 정말 이런 순간을 사랑해요.

전시장을 들어서던 발걸음과 달리, 나설 땐 훨씬 가뿐했어요. 북촌에서 안국을 거쳐 을지로까지 그대로 걸었고, 또 다른 전시들을 봤어요. 마지막엔 상업화랑에 들를까 말까 고민했는데요. 가보았는지 모르겠지만 상업화랑의 계단은 지친 상태에서 오르기엔 좀 많이 가팔라서요. 그런데 제 호기심과 욕심은, 언제 또 이 근방을 지나겠냐는 핑계로 결국 계단을 오르게 하더라고요.

    김민조 작가의 전시 «떠도는 새와 개의 방», 또 회화였고요. 얇은 물감이 겹치는 사이에서 느껴지는 수많은 감정의 결과 어둠 속에서도 빛나는 마음이 느껴져서 몇 번이고 다시 들여다보게 만드는 그림들이었어요. 그럴 때는 혼자임에도, '아, 좋다'라고 저도 모르게 육성으로 내뱉곤 해요. 전시장이 닫는 시간은 7시, 제가 도착한 시간은 6시 30분. 30분이 흐르는 게 너무 아깝고 아쉽더라고요.

    이런 날은 전시장을 나서기 전에 그림의 가격이 적힌 파일을 내내 만지작거리다 와요. 작품을 제대로 걸 수 있을 만한 공간이 마련될 때까지는 컬렉팅을 미뤄두기로 했는데, 좋은 그림이 접근할 수 있는 가격일 때에는 이렇게 한참을 서성인답니다. 그럴 때는 사랑을 조금 가라앉혀야겠다고 생각해요. '진정해'라고 스스로에게 말하면서요. 그렇지만 또 제가 진정하는 사이에 좋아하는 그림들이 범접할 수 없는 가격이 될까 봐 괜히 불안해지기도 해요. 대상이 무엇이든, 애타는 사랑은 사람의 마음을 오락가락 종잡을 수 없게 만드는 것 같아요.

저는 그날 밤 집에 도착해서 마감을 하고 아침에야 잠들었어요. 두 시간을 잤고, 병원을 들러 치료를 받고 친구의 부친상에 조문을 갔어요. 좋아하는 친구들과 너무 오랜만에 모이고 말았네요. 슬픈 자리에서요. 다시 저녁엔 요가 수업을 진행했고, 또 밀린 일을 하느라 겨우 세 시간을 잤고, 토요일 아침엔 미팅을 가기 위해 일찍 집을 나섰어요. 어느 하나 놓을 수 없는 일이었기 때문에 이 말도 안 되는 일정을 소화했는데, 이상하게도 그 전시들을 본 순간은 하나도 후회되지도, 아깝다고 생각되지도 않았어요.

역시 전시와 작품은 좋아하는 마음으로 봐야 하나 봐요. 사랑의 눈으로 봐야 모르는 세계를 쉽게 발견할 수 있거든요. 타인이 만든 그 세계에는 그의 이야기도 있지만, 제가 몰랐던 저의 이야기도 있고, 그 세계를 통과해야 만날 수 있는 먼 곳의 이야기도 있어요.

사람들은 제가 좋아하는 일을 하고, 일하는 동안

아름다운 작품들을 자주 만난다며 부러워하지만, 사실 전
그게 저주처럼 느껴질 때가 있어요. 좋아하는 것들을 온전히
좋아하는 마음만으로 바라보지 못하고, 원치 않는 외부의
이유 때문에 지쳐버리는 마음을 느낄 때 너무 슬프거든요.
하지만 여전히 좋아하기 때문에, 이렇게 사랑을 느끼는 순간을
더 자주 만나고 싶어요. 그러기 위해서는 제 일상과 마음에
약간의 여유가, 그러니까 사랑의 자리가 조금 더 있어야 할
것 같아요. 그런 날들이 분명 많았는데, 제 마음속에 사랑이
들어올 자리가 예전엔 꽤 넓었는데, 자꾸 아쉽고 그리워지네요.

    그래서 미미의 이야기를 읽으며, 그저 좋아하기만
했던 언젠가의 저를 떠올렸어요. 좋아하는 데에 그치지 않고
탐구하고 질문하며, 타인에게도 그러한 이야기를 건넬 수 있는
용기를 지닌 미미가 좋아요. 자꾸 미미를 응원하게 되네요.

    그나저나 미미는 왜 떠나지 못했을까요? 그게 너무
궁금해요. 미미에게 빨리 다음 이야기를 들려 달라고 전해
줄래요? 저는 이 폭풍 같은 4월을 마저 견디고 있을게요.
되도록 사랑의 자리를 많이 만들면서 말예요.

속절없이 지나는 봄밤에, 지연

- 이현우 개인전 《Flint》, 2022.4.7~4.28, 이목화랑
- 김민조 개인전 《떠도는 새와 개의 방》, 2022.4.12~5.7, 상업화랑 을지로

미미의 미술 순례기 2부

5.

지금 미미는 볕이 드는 카페 창가에 앉아서 몇 년 전에 본 전시의 장면을 떠올리려 애쓰고 있다. 미미의 미간이 찌푸려진다. 왜 메모를 남기지 않았을까. 전시 도록과 인터넷 신문기사로는 부족하다.

아뜰리에 에르메스에 처음 발을 들였던 그 순간에서부터 시작하기로 한다. 에르메스 건물에 들어가면 1층에는 매장이 있고, 전시를 보려면 엘리베이터를 타고 지하 1층으로 내려가야 한다. 지하로 내려가면 고급스러운 카페(아메리카노 한 잔에 13,000원인 곳)가 나오고 그곳을 지나면 작은 전시 공간이 나온다.

그날은 우산이 몇 번 뒤집어질 정도로 거센 바람이 불었고

비가 쏟아졌다. 살짝 무릎 위로 올라오는 다홍색 민소매 원피스를 입고 미미는 비바람을 맞으며 아뜰리에 에르메스에 갔다. 고작, 전시 하나 보러?

취재차 간 것이었다. 스물다섯 살의 미미는 작은 잡지사에 취업한다. 한국을 떠나려고 했던 마음을 접게 된 데는 모든 일이 그렇듯이 여러 가지 이유가 있었다. 먼저 <서양미술사>를 강의했던 미술사학과 경미리 교수의 조언이 있었다. 미술이론 공부를 하러 유학을 가고 싶다고 하자 경미리 교수는 미미에게 물었다. "너네 집 부자니?" "아닌데요." "그럼 취업부터 하자. 나도 서른 살에 대학원 공부를 시작했거든.".

그로부터 얼마 지나지 않아 미미는 몇 년 전 글을 기고했던 잡지사에서 신입 에디터를 구하고 있다는 소식을 들었다. '도망치는 건 부끄럽지만 도움이 된다'는 일본 드라마 제목처럼 머리카락 휘날리며 도망쳐도 누구 하나 나무랄 사람이 없었지만, 경미리를 만난 직후에 알게 된 구인 소식이 미미에게는 일종의 계시처럼 느껴졌다.

팀장은 미미가 미술을 좋아한단 걸 알고부터 보도자료를 보고 써도 되는 간단한 전시 기사를 미미에게 맡겼다. 직접 아티스트 토크를 듣고 와서 써도 된다고 했다. 미미는 냉큼 그러겠다고 했다.

그런데 에르메스에서 다프네 난 르 세르장 작가의 토크가 있던 그날, 태풍 링링이 한반도를 강타한 것이다. 운 좋게 살아서 도착한 전시장에서 미미는 새로운 세계에 눈이 뜨이는 경험을 하게 된다.

10년 후에는 채굴 가능한 은광이 사라진다는 말을 듣고 다프네는 은의 기원을 찾는 여정을 시작한다. 곧 사라질 은광의 기원을 찾아 떠나다니, 발상부터 낭만적이지 않은가. 사진과 영상, 소리 등 다양한 매체로 은의 기원, 나아가 존재의 근원을 탐구한 작업. 헌데 이 문장은 전시 팸플릿에 적혀 있던 말이고, 미미가 느낀 다프네의 작품은 감성적이기보단 개념적이라 감정보다 사유를 자극했다. '지적이다.' 미미가 다프네의 작업에서 받은 첫인상이었다. 작가의 설명을 들으면 작품을 더 이해할 수 있지 않을까 기대했지만 마르셀 프루스트의 『잃어버린 시간을 찾아서』의 마들렌에의 비유를 듣고 있자니 머릿속이 더 복잡해졌다.

그러다 미미는 문득 예술이 삶의 불가해함을 이해하려는 시도, 답 없는 질문을 향한 몸부림이란 생각이 들었다. 타인의 인생을 완전히 이해하는 것은 불가능하지. 작품은 더욱…. 그러니 다 이해해야 한다는 강박을 내려놓고 유유히 거닐어보자고 마음먹는 순간에 웃음이 났다.

밖에는 투둑투둑 비가 떨어졌다. 스피커에서 물소리, 소녀의 노랫소리가 흘러나오고 하얀 벽에 걸린 은광, 달의 표면을 찍은 흑백사진이 은은하게 빛났다.

'다프네는 서울에서 태어나 프랑스에 입양되어 지금은 파리에 살고 있다. 나는 어디에서 와서 어디로 가는 걸까.' 미미는 한 사람의 정체성을 결정하는 다양한 요인을 생각했다. 형식의 미는 설명하기 힘든 감동을 주고, 아름다움이 자아내는 순수한 감동에서 새로운 사유가 시작된다. 관람객의 사유가 어디로 뻗어 나갈지는 작가도 모른다. 작품은 태어나자마자 부모의 예측과 통제를 벗어나는 아기와도 같다.

문득 그날의 기억을 더듬고 있는 자신의 모습이 은의 기원을 찾아 떠났던 다프네의 작업과 비슷하다고 미미는 생각한다. 미미는 떠나지 못했으나 그의 삶은 어디론가 흘러가고 있었다. 이렇게 흘러가다가 무엇이 될지 미미는 알 수 없었지만, 불안한 영혼을 지탱해주고 충만하게 하는 작품들은 늘 거기, 미미의 곁에 있었다.

6.

미술 언어에 익숙해지기. 역사와 기억, 담론을 이미지로 감각하는 법 익히기. 나는 대상을 순수하게 관찰하고, 그리고, 만지고, 느껴본 적이 없다. 재료와 매체의 물성에 대한 호기심 없이 작품에 상징과 의미로만 접근하는 나를 볼 때 서러워진다. 좋으면 몸이 먼저 앞으로 나가는 아이처럼 순수하게 궁금해하기엔 늦은 게 아닐까. 이 사실이 얼마나 절망스러우면 쓰는 지금도 눈물이 흐른다. 장이 열린다는 소식을 들었지만 너무 늦게 도착해 텅 빈

거리에 서 있는 기분이다. 나는 일찍 늙어버렸고, 그림 앞에 너무 늦게 도착한 것 같다. 그렇지만 오늘 내가 할 수 있는 것을 할 것이다.
<u>2020년 6월 11일. 미미의 일기</u>

  윤을 생각하면 동그랗고 큰 눈, 층을 많이 낸 머리가 떠오른다. 웃기지 않으면 웃지 않고 공감이 가지 않으면 고개를 끄덕이지 않는 사람. 미미가 윤을 처음 만났을 때 윤은 미술대학에 다니고 있었다. 지금은 '영원히 고통받는' 대학원생이 되었다.
  미미와 윤은 미학 스터디 모임에서 만났다. 말이 스터디지, 만나면 연애 얘기를 더 많이 했다. 왜 피임약은 여자만 먹어야 하냐고 같이 성내던 순간들. 미미는 윤을 만나고 생각이 많아졌다. 윤은 미미에게 <서울은 이상한 도시>라는 유튜브 채널을 추천해주기도 했다. "현대미술이 뭘까 자주 생각해요. 이게 미술보다 더 재미있어요. 하하하." 본인이 작업을 하면서도 미술을 대수롭지 않게, 마치 장난감 가지고 놀 듯이 이야기하는 모습이 신선했다.
  "윤을 보면 내가 너무 모범생 같아. 나 재미없지?" 미미는 애인에게 말했다. 애인은 미미에게 윤을 소개해준 장본인이었다. "윤, 재능있고 똑똑한 친구지." "응. 정말 반짝거리는 사람이야." 그런데, 음악을 하는 애인과 미술을 하는 윤을 볼 때 드는 이 서글픔의 정체를 미미는 알 수 없었다.

어느 겨울날 미미는 윤의 졸업전시에 갔다. 그는 부디즘에 관한 두꺼운 책 내지에 줄넘기하는 사람의 형상을 털실로 새겨 넣었다. 글자가 인쇄된 얇은 종이 위에 도톰한 실로 자수를 넣으니 전혀 다른 물성이 부딪치며 긴장감이 발생했다. 미미는 두꺼운 원서를 손으로 넘겨보았다. 자수가 새겨진 종이 페이지는 빨리 넘어가지 않고 뚝뚝 끊겼다. 종이가 넘어가는 6초가량의 시간 동안 자수 인간이 줄넘기를 하다가 이윽고 사라졌다. 이 작품 외에도 회화 두 점이 더 있었지만 사상 위에서 경쾌하게 줄을 넘고 뛰는 '자수 인간' 작업이 가장 흥미로웠다.

작업이 좋았다고 얘기하니 윤은 웃으며 "어유, 하다가 포기하고 싶은 순간이 얼마나 많았는지 몰라요."라고 말했다. 조그만 체구의 윤이 구부정하게 앉아 두꺼운 사상서에 바느질하는 장면을 떠올리며 미미도 같이 웃었다.

웃기지 않아도 습관적으로 웃고, 듣지 않고 있는 순간에도 들은 척 고개를 끄덕이는 미미 자신을, 윤을 통해 다시 보았던 걸까. 중력이 느껴지지 않는 가벼운 윤의 움직임을 보며 미미는 자신의 무거움을 느낀 것인지도 모른다.

윤이 살아온 시간, 만난 사람들, 본 것, 윤의 영감과 사랑, 그의 낮과 밤, 꿈속. 한 사람의 세상을 눈으로 보고 손으로 만질 수 있는 이미지로, 오브제로 경험하는 일만큼 근사한 일을 미미는 아직 찾지 못했다.

당신을 기억해. 우린 항구 근처를 걸었었지.
젊은 남자였던 당신은 여름의 미래를 믿고 있었지.
그 노랑을, 그 초록을, 그 만짐을, 그 들어섬을,
그 밤하늘을, 이 노력의 선물들을
그는 그의 몸을 따라 요동치는 맥박을 믿는다.
그는 그녀의 젊은 날을 믿는다.

나는 강가를 걷는다.

스물여덟 살의 미미는 홀로 강가를 걸으며 뮤리얼 루카이저의 <삼각주의 시>의 한 부분을 읊는다. 뮤리얼 루카이저의 시는 쉽지 않지만 이 대목은 좋아서 외워버렸다. 미미의 미술 순례기를 적은 짙은 초록색 일기장을 벤치 위에 두고 왔다는 사실을 알지 못한 채로, "나도 나의 젊은 날을 믿고 싶다" 중얼거리며 미미는 강가를 걷는다.

끝.

미미가 왜 떠나지 못했는지 궁금해했는데, 좀 시시하지요? 이야기를 볼 때 결말을 중요하게 생각하지 않는 (결말이 그다지 중요하지 않은 영화나 소설을 좋아하는) 제가 쓴

봄에서 여름

이야기라서 그런가 봐요.

    아니 에르노의 표현을 빌리자면, 이건 제 이야기도 제가 만난 사람들에 관한 이야기도 아니고, 제가 경험한 잊을 수 없는 순간들이 제게 가져다 준 단어들을 이야기로 표현한 것일 뿐이에요.

    이렇게 쓰고 보니 거창하지만, 실은 벤치에 두고 온 노트, 거기 적힌 메모만큼이나 사소해요. 그래도 들어주는 사람이 있단 건 기쁜 일이라는 걸 언니와 편지를 나누며 알게 되어요.

언니의 편지를 받은 그날 저도 퇴근 후 상업화랑에 들러 김민조 작가의 《떠도는 새와 개의 방》 전시를 보았어요. "아, 좋다"는 말이 절로 나왔다는 마음을 이해할 수 있었어요. 다락방처럼 되어 있는 작고 어두운 공간에 그림을 걸어 놓고 은은한 조명을 쏘니까 작품 속에 빨려 들어가듯 집중이 되었어요. 눈을 맞고 있는 새들을 보고 있으니 봄에서 여름으로 넘어가는 지금 다시 겨울이 그리워지더라니까요.

    사유의 순간이라는 게 특별하지 않네요. 특히, 서울에 사는 저에게는요. 전 매일 아침 지하철에 멍하니 앉거나 서서 생각에 잠겨 있다가 '이번 역은 시청, 시청' 안내음이 들리면 황급히 내려요. 언니는 운전하면서 사유에 빠지나요?

    사유가 사치가 되어버린 '바쁘다 바빠 현대사회'.
"그래도 어떻게든 짬을 내어 당신 존재와 당신의 삶을,

당신이 중요하게 여기고 사랑하는 것들을 지켜내려는 모습이 소중해요"라고 말해주는 것만 같은 그림들이었어요.
    어설프지만 어설픈 대로 **미미**의 이야기를 맺었어요. 언니에게 하고 싶은 말이 많은데 **미미** 계속 붙잡고 있다간 재밌는 이야기들이 다 날아가 버릴 것 같았어요. 다음 이야기는 **미미** 말고 제가 해볼게요.
    고마워요.

    사랑을 담아, 건희가

―   다프네 난 르 세르장《실버 메모리: 기원에 도달하는 방법》, 2019.9.6~11.10, 아뜰리에 에르메스
―   뮤리얼 루카이저,『어둠의 속도』, 봄날의 책, 2020

안갯속에서, 회색을 더듬으며

차를 마셨어요. 혼자서, 고요히.

    도심이지만 인적이 드문 골목길, 가파른 언덕을 올라야 도착할 수 있는 외딴집이었어요. 주어진 프로그램에 따라 누워서 음악을 들으며 명상을 한 뒤 통유리로 연희동이 내려다보이는 자리에 앉아 따스한 차를 대접받았어요. 정성스레 차를 내어준 이도 곧 사라졌고, 이윽고 혼자만의 고요가 찾아왔어요. 아무 소리도 들리지 않는 적막 속에서 움직이지 않는 원경을 바라보고 아주 은은한 차향과 목구멍을 지나는 뜨거움을 느끼면서, 저는 그저 거기 있었어요. 그저 나로 있으며 눈앞의 풍경을 오래 바라본 게 얼마 만인지.
    운전하면서 사유에 빠지냐고 물었죠. 운전할 땐 깊게

생각하기보단 눈앞을 스치며 짧게 끊기는 이미지들을 봐요. 대중교통을 탈 때도 마찬가지인 것 같아요. 자칫 깊은 생각에 빠졌다가는 내릴 역을 놓치게 되니까요. 도시란 공간의 겉모습은 그렇게 짧게 끊기는 이미지들, 소리들, 연결들, 관계들, 사랑들이 얼기설기 엮여 만들어진 듯 보여요. 그래도 말예요. 놓치고 싶지 않은 순간이 있을 땐 차를 세우고 잠시 바라보곤 해요.

지난겨울 춘천에 갔어요. 하루는 일출을 보려고 소양강의 작은 섬으로 차를 몰았는데요, 돌아오려는데 오히려 아까보다 더 멋진 일출 장면이 보이는 거예요. 날이 추워서인지 스마트폰 배터리가 급속도로 닳고 있었는데도 차를 세우고 사진을 찍었죠. 결국 가장 마음에 드는 사진을 찍을 때 즈음 배터리는 수명을 다하고 말았어요. 그래서 저는 타지에서 내비도 없이 숙소로 돌아오는 모험을 감행했답니다. 겨우 10분이긴 했지만요. 길 안내를 위한 배터리 10퍼센트를 사수할 것인지, 10분을 낯선 도시에서 헤맬 것인지 선택해야 했지만 그때의 저는 이미 그 눈부신 순간에 제 마음을 던져 버려서, 어쩔 수 없이 기록해야만 했어요.

내 한정된 자원을 어디에 투입할지 선택하는 문제는 많은 순간에 찾아오는데, 제 경우엔 마음이 닿는 쪽으로 조금만, 조금만 더 저를 밀어 넣으면서 결국엔 그 방향을 택하고 말아요. 심지어 가끔씩은 일단 밀어 넣고 본다니까요. 애가

(미래의 내가) 어떻게든 하지 않을까 하는 믿음으로요. 그런 '조금'으로 더 많은 것을 보고 듣고 또 오래 바라보고 좋아하고 싶어요. 작은 것들이 짧게 끊길지라도 언젠간 이어지지 않을까 하는 얄팍한 믿음으로요.

최근 들어서야 그런 얄팍한 믿음이 켜켜이 쌓여 확신이 되는 과정을 목격하고 있어요. 내 안에서 무언가 움직여 확신이란 게 생기고 있단 느낌과 거기서 오는 안정적인 기분이 정말 좋지만, 한편으론 두렵기도 해요. 확신이 생긴다는 건 그 영역에 있어선 타협의 여지가 없다는 거잖아요. 인지하지 못하는 사이에 무언가 놓치고 돌아보지 않는 구역이 생기고 그러다 확신이 아집이 될까 봐 두려워요. 균형 잡기는 언제 어디서든 어려운 일이에요. 그래서 저는 확신을 가지는 순간이 좋지만, 그 뒤엔 곧바로 마음이 쿵 내려앉는 불안을 느끼기도 해요.
    우리 전에 그런 얘기 나눴죠. 자기가 흑이나 백이라고 확신을 가지는 사람들은 수많은 회색의 스펙트럼을 보지 못한다고요. 그 얘기를 할 때도, 지금도 그렇지만 당신은 회색을 많이 보는 사람이라고 생각해요. 눈 앞에 있는 다양한 회색의 농담을 구분할 줄 아는 사람.
    저는 어릴 때 시력 검사에서 홍채가 유난히 발달했다는 이야길 들었거든요. 엄마도 그렇대요. 아마 유전인가 봐요.

홍채가 발달한 사람은 색깔을 더 잘 구분한다고 해요. 색의 명도와 채도, 농담과 뉘앙스를 구분하는 삶은 까다롭고 피곤하지만, 무언가 발견할 기회를 더 많이 가질 수 있으니, 시간으로 치자면 24시간이 아니라 36시간쯤의 하루를 사는 거예요. 똑같이 살아도 더 많이 발견하고 살 수 있으니 얼마나 이득이에요?

다만 그런 사람들은 쉽게 확신을 가지지 못해요. 똑바로 난 길로 곧장 걸어가지도 못하죠. 우리 같이 듣는 워크샵에서 몸을 움직이기 전에 공간 탐색부터 하잖아요. 공간을 걸어 다니면서 내가 어디에 있는지, 이곳은 어떻게 생겼는지, 바닥의 온도와 벽의 질감은 어떤지, 여기 있는 다른 존재와 나의 관계는 어떤지, 그 모든 것을 확실히 알았을 때에야 움직임에 온전한 자유가 와요. 삶에서 그런 탐색을 모두 마치려면 얼마나 많은 시간이 걸릴까요. 확신이라는 목적지는 멀어요, 특히 가는 길에 발견할 것이 많아 걸음이 더딘 사람에게는요. 그래서 저는 회색을 더듬는 제가 종종 지긋지긋하기도 해요.

색깔 하니까 봄이 오기 직전 상업화랑에서 본 박형진 작가의 전시 «까마귀와 까치»가 생각났어요. 작가는 팬데믹으로 인해 고립된 기간 동안 작업실 창가에 보이는 오동나무를 그렸다고 해요. 오동나무는 계절을 넘어 매달, 매주, 매일,

매시간마다 다른 빛깔이었대요. 한자리에 앉아 하나의 대상을
아주 오랫동안 바라본 사람만이 발견할 수 있는 색이었겠죠.
그는 오동나무의 형상을 구체적으로 그리는 대신 장지
위에 그리드를 만들고 작은 네모 칸 안에 초록을 하나씩
채웠습니다. 작은 네모들이 모여 오동나무가 거쳐온 시간을
풍성하게 그려냈어요. 저도 초록색 물감이 그렇게 다양하다는
걸 처음 알았어요.

　　작가는 그 많은 초록색을 자기 나름의 느낌으로
구분해서, 'Green Earth'는 '멋진 색, 맑은 잎이나 시든 잎이나
모두 어울린다. 어떤 호흡을 주는 색'이라고, 'Permanent Sap
Green'은 '빛을 받은 맑은 초록, 해질 때 표현하기 좋은 색',
'Perylene Green'은 '깊이 있는 색, 어둠이 다가올 때 광합성
많이 한 것 같은 초록', 'Terre Verte Hue'는 '부드러운 초록,
안쪽 잎의 색'이라고 메모해두었더라고요. 그 많은 초록의
이름을, 각자 다른 빛깔을 알아버린 사람은 정답을 구하거나
마침표를 찍는 일을 쉽게 할 수 없을 것 같아요 .

작가들도 어떤 이들은 명랑하고 굳건한 확신을 가지고
밀어붙이며 또렷한 답을 내놓는 반면, 어떤 이들은 사방을
둘러보며 돌고 돌아 온갖 틈을 후벼 판 다음에야 수수께끼
같은 답을 내놓고 해요. 무엇이 옳다고 할 순 없고 사람의
성격과 작업의 특성인 것 같아요. 확실한 건 오랫동안 작업한

작가들은 자기 세계의 층이 두텁다는 점이에요. 의미가 복잡하게 엮여 있지만, 신기하게도 자기 색깔은 뚜렷하게 보이는 작업을 하죠.

거기에 도달하기까지의 과정은 사람마다 다른 것 같아요. 또렷한 점에서부터 시작해 두께를 늘려갈 수도 있고, 어떤 사람은 답이 될 수 있는 여러 재료를 수집해 층층이 쌓아서 마침내 또렷한 형상을 만들어내기도 하죠. 그런데도 우리는 작가의 수많은 작업 중 한 작품, 혹은 누군가의 인생에서 한 장면을 꼽으며 그가 선명하다, 선명하지 않다며 가르기도 해요. 과연 그렇게 확실하게 판단할 수 있는 걸까요?

홍성준 작가의 그림을 본 적이 있는지 모르겠어요. 겉보기에 매우 선명한 색상에 매끈한 표면을 갖고 있어서 마치 사진 같은 환영을 불러일으킬 정도예요. 특히 얼마 전 파이프 갤러리에서 열린 개인전에서는 커다란 화면 속에 반짝이는 윤슬을 표현한 작품을 볼 수 있었는데요. 마침 날이 좋아서 갤러리의 큰 유리창을 통해 햇볕이 쏟아져 들어오고 있었어요. 지금까지 살면서 윤슬을 보았던 순간을 모두 모아 응축한 이미지, 실제 풍경보다 더 실재하는 풍경 같았습니다.

하지만 이 작가가 만들어낸 매끈한 겉모습 아래엔 수많은 재료와 기법으로 깔아낸 겹겹의 레이어가 있어요. 사실 그게 이 작업의 핵심이에요. 작가는 캔버스 천에 밑칠을 하고

나무 프레임에 고정시킨 다음, 한지나 다른 재료를 바탕에
깔아서 질감을 만들고, 그 위에 물감이나 다른 재료를 바르고
칠하거나, 에어브러시로 뿌리고, 다시 긁고 밀고 담그고
엎어두는 등 다양한 재료와 방법을 여러 번 반복한다고 해요.
우리는 잘 모르는 표면 아래의 이야기죠.
     작가는 처음부터 사용할 재료와 완성될 이미지에 확신을
가졌을까요? 개인의 내밀한 이야기라 잘 모르지만, 수많은
밤 동안 셀 수 없이 많은 재료와 방법을 실험했을 거라고
추측해 봅니다. 많은 작가가 그럴 거예요. 그런 밤들을
지새우는 동안 몇 개의 확신을 찾아내고, 그걸 쌓아서
이미지를 만들어내죠. 우리는 그 모든 과정을 거쳐 탄생한
이미지를 보고 그 작가의 선명한 색이라고 말하고요. 그
또렷한 작품과 태도가 어디에서부터 왔을까, 가끔 시간을
거슬러 되짚으며 생각해 봅니다.

지난번에 같이 전시를 보고 헤어질 때, 한 번 안아 달라고
했잖아요. 오후 내내 뭔가 불안해 보이는 걸 느꼈지만,
말없이 헤어졌다면 모른 척했을 거예요. 전 굳이 말하지 않는
슬픔이나 불안에는 각자의 이유가 있을 거라고 생각해서
보통은 한 발짝 멀리서 바라보거든요. 감정적인 도움을
요청하는 것도 개인의 영역이기 때문에 기다려주려고 하는
편이에요.

그날은 안아 달라고 했기 때문에 비로소 위로를 건넬 수 있었어요. 그리고 무지 용기 있는 태도라고 생각했어요. 스물여덟의 저는 그러지 못했던 것 같거든요. 안아 달라고 말해도 될지 확신할 수 없었어요. 그래서 혼자 나를 끌어안고 많이 울었어요. 덧붙이자면 전 지금도 여전히 웃기지 않아도 웃고, 듣고 싶지 않은 얘기에도 고개를 끄덕이는 사람이에요. 이런 제가 얼마 전까지도 싫었거든요, 근데 이젠 싫지 않아요. 왜일까 생각했어요.

예전엔 그런 행동을 할 때마다 제가 작아졌어요. 공격받고 있는 기분, 방어해내야 하는데 방어하지 못하고 함락되는 기분이었달까요. 그런데 요즘엔 자꾸 제가 커져요. 어떻게 설명해야 할까. 웃어주지 않아도 되는데 웃어주길 택한 어느 시점이 있었어요. 언뜻 들을 가치가 없어 보이는 얘기라도 일단 들어보기로 마음먹은 시기가 있었고요.

그럴 때 더 많은 것을 볼 수 있단 걸 문득 깨닫고 나서부터였나 봐요. 상대를 편하게 해주었을 때 돌아오는 호의, 또는 알아두어야 하는 본모습 같은 것들. 그리고 보물찾기하듯이 발견하는 진심들 말예요. 회색을 탐구하듯 사람을 바라보면서 또 다른 결을 드러낼 시간을 기다려주고 싶어요. 그래서 웃음과 반응의 주도권이 내게 있단 걸 알았는데도 여전히 웃어주거나 고개를 끄덕여주는 사람이 되고 싶었나봐요.

물론 웃기지 않을 때 웃지 않는 사람은 지금도 멋있다고 생각해요. 하지만 이제는 미처 웃기지 못한 사람의 마음을 둘러보고 헤아리며 웃어주길 택하는 사람, 혹은 아주 작은 웃음 포인트를 찾아내어 자주 웃는 사람도 역시 멋있다고 생각합니다.

당신에겐 어떤 순간이 도착할까요? 당신만이 알겠죠. 하지만 누군가 곁에 있으면 그 순간이 조금 더 빨리 오기도 해요.
	같이 글을 쓰자고 한 이유 중 하나는 당신의 확신을 위해서예요. 일상에서 사유의 순간을 가지긴 어렵지만, 잠깐이라도 글을 쓰면 그런 순간이 다가오잖아요. 혹은 글을 쓰기 위해 준비운동을 하는 동안에도요. 그래서 이 편지들이 끝날 때 즈음 뭔가 발견할 거라고 믿어요. 어떤 것도 지우지 않고 그 위를 딛고 나아가겠다는 용기가 있는 사람이라면, 스스로 할 수 있을 거예요.
	제가 해줄 수 있는 건 같이 아름다운 것들을 오래 바라보고 이야기를 나누는 일, 때로는 아름다움을 등지고 어두운 그늘에 숨어버리는 일상의 곁에 서 있어주는 일일 거예요. 어차피 다 다른 삶인데 무슨 얘길 하겠어요. 전 그저 저 같은 삶도 있다고 보여줄 뿐이에요. 이건 이정표가 아니라 그냥 당신 삶의 두께를 늘리는 재료 중 하나가 될 거라고 생각해요.

봄에서 여름

저도 여전히 그렇게 살고 있어요. 조금 확신이 생긴 것 같다가 또 흔들리다가, 어떤 날은 다 부서져 먼지가 되어 방향도 잃고 사방으로 흩어져버려요. 그러다 마음을 추슬러서 먼지 더미로 무언가 만들고 그걸 끌어안은 채 다시 안갯속을 헤매고요. 안갯속에서 내가 아는 회색을 지푸라기 잡듯 찾고 그 회색 사이의 모르는 회색을 다시 찾아 더듬어요.

그러면서도 안아 달라는 말은 잘 못 하겠더라고요. 그래서 그날 성수동에서, 오후 햇살 아래의 당신이 참 빛난다고 생각했어요. 당신을 좋아하는 건 그런 이유인가 봐요. 언젠가 저도 안아 달라는 말을 할 수 있는 날이, 그런 말을 쉽게 건넬 수 있는 누군가가 생길까요?

찻잔을 다 비우고, 다정하지만 침범하지 않는 배웅을 받으며 언덕을 내려와 집으로 돌아오는 길에는 아름다운 것들 앞에서 조금 더 멈춰 섰어요. 지는 해는 노랑에서 점점 붉은색으로 향하고 있었고 어느 꽃집 앞의 장미수국은 늦은 오후의 노란색 공기에도 지지 않고 푸르렀어요. 역광 속의 풍경은 아주 멀리서 보았던 장면처럼 아득했고요. 배터리가 5퍼센트밖에 남지 않아서 사진은 많이 찍지 못했어요. 대신 더 오래 바라봤고요. 내 안에 있지만 알 수 없는 것이 조금은 더 또렷해지는 것 같았답니다. 여전히 잘 모르지만요.

근데 말이에요. 아직 모르는 것들이 있어도, 아니

더 많아도 괜찮을 것 같아요.

여전한 회색의 마음으로, 지연

- 박형진 개인전 《까마귀와 까치》, 2022.2.8~2.27, 상업화랑 을지로
- 홍성준 개인전 《Flowing Layer》, 2022.3.4~4.2, 파이프 갤러리

아름다움을 위한 조건

언니, 오늘은 답이 없는 이야기를 해보려고 해요.

어째서 아름다움에 관한 이야기는 궤변이 되기 쉬운지 모르겠어요. 이것이 보이지 않는 추상적인 관념, 주관적인 감상의 표현이라 그렇겠지요.
    흰 도자. 검은 도자. 크기가 조금씩 다른 원통, 네모, 사발, 항아리들. 정확한 비율로 칸칸이 나뉜 철제 선반. 선반은 하얀 벽에 붙어 있고 그 위에 작고, 차분한 색감의 도자들이 놓여 있어요. 도자 조각 사이에 얇게 빛나는 금색 판이 세워져 있기도 해요. 오브제들의 배치에 어떤 규칙이 있는 듯하지만 저는 알 수 없어요. 만든 사람만 알 수 있는, 겉으로 드러나지 않는 시의 운율 같아요. 배열의 규칙을 몰라도 감상은 할 수 있어요. 리듬을 탈 수도 있고요. 벽에 드리워진 부드러운 검은 그림자까지, 멀리서 바라보면 조르주 모란디의 정물화가 연상되는 에드문드 드 발의 작품이에요.

드 발의 작품은 영상으로 처음 보았어요. 차분한 색감의 얇은 도자와 군더더기 없는 네모 선반이 자아내는 명상적인 분위기가 마음에 들었어요. 그런데 실제로 본 순간 사진보다 못하다고 생각했어요. 왜 유독 사진이 잘 나오는 작업이 있잖아요. 사진에서 본 아름다움을 찾기 위해 갤러리에 오래 머물렀어요. 작가의 작업 영상을 보고, 전시 공간을 여러 번 돌았어요.

그날 날씨가 맑고 청명했어요. 두어 시간 정도 갤러리에 있다가 밖으로 나왔을 때는 오후 5시가 넘어서 바람이 선선하고 나른한 햇살이 거리를 비추고 있었어요. 저는 언덕을 내려가는 길에 아까 올라가면서 본 강아지풀 앞에 멈춰 섰어요. 바람에 흔들리면서 온몸으로 황금빛 햇살을 맞으며 반짝이는 강아지풀이 무척 눈부셨거든요.

이 강아지풀을 꺾어서 전시장 안에 가져다 놓으면 여전히 아름다울까? 질문하는 순간에 아름다움이 성립하기 위한 조건에 대해 생각해볼 수 있었어요. 제가 그 순간 느낀 아름다움을 전달하려면 어떻게 해야 할까요. 강아지풀을 잘라서 전시장에 가져다 두어선 안 돼요. 이건 찰나에 존재하고 사라지는 아름다움이잖아요.

우리가 아름다움을 느끼는 순간은 즉각적이고 선명한데 그 원리나 기원을 찾는 일은 단순하지 않아요. 닿는 순간 사라지는 비눗방울같이 아름다운 모든 것은 일시적이고 취약한가 봐요. 생기는 순간 사라지고, 지나가면 다시 돌아오지 않아요.

언니, 영화 〈조제, 호랑이 그리고 물고기들〉을 아나요? 그 영화를 최근 다시 봤어요.

조제는 하반신이 마비된 장애인이에요. 부모가 없고, 학교를 다니지 못했어요. 그의 일과는 유모차를 타고 할머니와 하는 새벽 산책, 요리, 할머니가 주워다 준 헌책 읽기 정도예요. 조제의 단조로운 일상에 어느 날 츠네오가 들어와요. 그리고 둘은 사랑을 해요. 두 사람이 서로의 마음을 확인하자마자 영화는 1년 후로 넘어가요. 이어 조제와 츠네오가 서로에게 익숙해진 일상을 보여주지요.

조제는 직감해요. 츠네오가 떠날 날이 얼마 남지 않았구나. 조제의 예감은 틀리지 않았어요. 츠네오가 비겁하고 무책임하다고 생각하는 사람도 있을 수 있겠지만요. 츠네오는 갓 대학을 졸업한 이십 대 사회 초년생이었어요. 그리고 그 애는 매사에, 일이든 관계든 애매하게 한 발만 걸치는 버릇이 있어요. 언제든 쉽게 떠날 수 있도록. 그런 애가 조제를 사랑해서 함께 살기로 결정하고, 조제를

봄에서 여름

가족에게 인사시키겠다고 차를 빌려 고향으로 향하는 모습은
눈물겹기까지 해요. 결국 조제를 부모님에게 소개하진
못하지만요.

    조제와 츠네오가 헤어진 이유는 두 사람만 알겠지만,
둘의 이별을 권태를 이기지 못한 여느 커플의 헤어짐으로 보는
시각에는 아무래도 동의하기 어려워요. 저는 두 사람이
'좋아하는 마음'만으로 극복할 수 없는 현실의 문제에 부딪힌
거라고 생각하거든요.

    같이 있고 싶고, 안고 싶고, 보고 싶은, 애틋한 마음
하나면 충분하다고 생각한 적도 있어요. 만남과 헤어짐을
거듭하면서 마음보다 중요한 것이 있다는 사실을 알아가요.
씁쓸하진 않아요. 감정은 쉽게 변하고 상황이나 여건에 영향을
받는 취약한 것이니까요. 관계가 성립되고, 지속하기 위해서는
마음을 지켜줄 일종의 집이 필요하지요. 해서 사람들은
현실적인 조건을 따지고, 가족과 지인들 앞에 '서약'하고,
법적 '신고'도 하는 걸까요? 그런데 언니, 서약과 신고가
마음을 지킬 안전한 집이 되어줄 수 있을까요? 집은
갖춰졌는데 거기 들어갈 두 사람의 마음이 없으면 아무 소용
없잖아요. 츠네오와 카나에는 누가 봐도 잘 어울리는 대학생
커플이었지만 츠네오는 조제를 사랑했지요.

다시 에드문드 드 발로 돌아와서, 드 발의 도자 조각은

사진에서만큼 매끈하고 균형 잡혀 있지 않았어요. 크기는 생각보다 더 작았고 마감이 덜 된 느낌마저 들었어요. 얇게 구운 도자들은 전혀 견고해 보이지 않았죠. 그런데 이 작은 도자 조각들이 단단한 선반 위에 놓이면서 비로소 하나의 작품으로 완성되었어요. 멀리 서서 전체 이미지를 조망한 후에 가까이 다가가서 칸칸이 놓인 도자들을 살펴보았어요.

 드 발은 라이너 마리아 릴케와 파울 첼란 등의 시에서 영감을 얻었대요. 자신의 작품세계를 소개한 그의 글에서 발견한 문장이 인상적이에요. "붕괴된 가정에서 자란 외로운 아이들에게 놀이공원만 한 장소가 없다. 나도 그런 아이들 중 하나였다." 금방이라도 깨질 듯이 불안한, 연약해 다치기 쉬운 아름다움이 머물 장소를 그는 만들고 싶었던 것일까요? 어제는 진실이었으나 오늘은 알지 못하는 마음이 머물 집은, 어디일까요.

 츠네오가 떠나고 조제는 전동 휠체어를 타요. 휠체어를 타고 나가 장을 보고, 요리를 해요. 츠네오가 떠나도 조제의 삶은 계속되어요.

 조제의 본명은 구미코인데 프랑수아즈 사강의 소설 『한 달 후, 일 년 후』 속 주인공의 이름을 따와 자신을 조제라고 불러요. 조제는 자기 삶을 스스로 결정하는 사람이에요. 불완전한 인간들이 맺는 불안한 관계를 지켜줄 조건은, 어쩌면 함께이거나 홀로이거나 나 자신으로 존재할 용기가 아닐까

봄에서 여름

생각해봐요. 자신의 영혼이 이끄는 대로 걸어갈 용기요. 사실, 잘 모르겠어요. 언니의 말대로 "안갯속을 헤매는 기분"이에요. "모르는 것들이 있어도, 아니 더 많아도 괜찮을 것 같"다는 말이 그날의 포옹만큼이나 위로로 다가와요.

  날씨가 더 뜨거워지기 전에 언니랑 삼청동에 가고 싶어요. 보고 싶은 전시가 많아요. 언니도 보고 싶고요.

  건희

- 에드문드 드 발 《their bright traces》, 2022.3.9~4.3, 가나아트센터
- 이누도 잇신 감독, 〈조제, 호랑이 그리고 물고기들〉, 2003

여름에서 가을

시차를 맞추는 일

답장이 늦었죠. 일이 많아 힘든 날들이었어요. 부산에 머무는 동안 잠시 숨 쉴 틈이 생겼는데, 서울에 돌아오자마자 금방 닫혀 버리더라고요. 얼마 전에야 겨우 끝낸 신간 원고, 편집해야 할 다른 책, 새로 쓰는 책, 몇 개의 전시 서문과 주기적으로 기고하는 원고들, 때 되면 쓰는 방송 원고와 녹음, 이 모든 것에 따르는 수많은 잡다한 일과 스케줄을 조율하는 일까지. 지난가을부터 애써 챙겨온 체력이 다 떨어져서 더 버티기 어려웠나 봐요. 자기 이름 걸고 일하는 사람이라면 바쁠수록 좋은 거지만, 일이라는 게 참 그래요. 언제나 준비되었을 때가 아니라 갑작스럽게 와요.

    이런 날은 어제를 지켜온 힘과 나아질 내일에서 빌려 온 힘으로 살곤 해요. 그렇게 균형을 맞추며 조금 더 버텨보는 거죠. 아직 이 감각을 모르는 이들은 제게 괜찮냐고 하지만 10년쯤 일해 온 저와 제 친구들은 알고 있어요. '바쁘지만 바쁘지 않게 지내고 있다'는 말의 뜻을. 바쁘다고 해서 종종거리며 너무 아프게 지내진 않아요. 바쁘지만 어떻게든 해낼 수 있다는 걸 알고, 또 그 일이 삶을 잡아먹게 하지 않아야 한다는 걸 알고 있거든요.

하지만 이런 날에는 짜릿하게 마음이 통하는 운명 같은 작품을 만나기가 쉽지 않네요. 전시 공간마다 기획자의 지향점이나 공간의 분위기가 있어서, 매번 다른 작가일지라도 어느 정도 같은 결의 작품을 선보이곤 하잖아요. 그래서 무언가 고픈 날에는 평소 좋아하는 작품을 많이 만났던 곳을 일부러 찾아본답니다. 그런데 이상하게도 요즘엔 계속 어긋나는 느낌이라, 좋아하던 공간을 가도 무심한 상태로 돌아오곤 해요. 마음과 감각도 여름의 빛을 듬뿍 받아 무성하게 자라나면 좋겠는데, 올여름은 실내에 갇혀 보낼 시간이 더 많아서 걱정이에요.

이런 날들 사이엔 그냥 주는 마음도 받기 어려워요. 내 삶을 지키고 할 일을 해내기 위해서 에너지 긴축재정에 돌입한 상황이라서요. 나와 내 글에만 쓰기에도 시간과 감정이 모자라요. 마음을 받아도 돌려줄 수 없어서 되도록 받지 않으려고 해요. 그래서 정말 아무것도 내어주지 않으려고 마음먹었을 때, 타인의 마음은 꼭 그럴 때 와요. 일처럼요. 사랑이 자꾸 오는데, 제가 그걸 받을 준비가 되었는지 잘 모르겠어요. 어쩌면 그렇게 오는 사랑은 내 것이 아닐지도 몰라요. 사랑은 고마운 마음으로 하는 것은 아니니까.

저도 한때는 사랑만 있으면 될 것 같다는 생각을 했어요. 그 반대는 조건을 찾는 사랑이고, 순수한 사랑이 아닌 건 어쩐지 옳지 않다는 생각도 해봤고요. 하지만 몸과 정신이 연결되는 것처럼, 현실을 살아가야만 하는 우리의 사랑이나 감정은 삶에 직결될 수밖에 없어요. 우리는 사랑하는 상대를 편안하게 만들어주기 위해 어떤 부분을 책임져주려고 하잖아요. 어깨에 진 짐이 무거운 어른이 될수록 사랑도 그 범위가 확장되는 거죠. 일상을 넘어 생활로, 삶으로.

저만 해도 그래요. 제가 진 삶과 일의 무게, 그러니까 제가 중요하게 여기는 것들을 이해하고 알아주는 사람, 본인의 삶도 그렇게 꾸려가는 사람에게 더 마음이 가요. 그런 사랑을 표현하는 방법은 사람마다 관계마다 다르겠지만요. 그래서 어른의 사랑은 감정만으로 지탱하는 것이 아니라 같이 삶을 지어내야만 유지할 수 있다고 생각해요. 그렇다고 마음 외의 조건이 더 중요하다고 말하는 건 아니에요. 하지만 마음만으로 모든 게 가능한 것은 내가 아무것도 책임질 필요 없는 아이일 때만 가능한 일이라는 거죠.

지난번에 서울시립미술관에서 열렸던 권진규 작가의

전시가 생각나네요. 먼 곳을 응시하는 듯한 그의 인물상들은 테라코타로 만들어졌는데, 작품을 오래 보존할 수 있는 방식이기 때문에 테라코타를 선택했다고 해요. 투박하지만 진실된 그의 인물상을 바라보고 있자면 아무리 취약하고 일시적인 감정이건 아름다움이건, 오랫동안 이 붉은 흙 안에 머물 것만 같아요. 그는 순간을 영원으로 만들기 위해서 아름다움이 머물 장소를 만들어낸 거겠죠.

당신의 편지를 읽으면서 문득, 결혼 서약 같은 것들도 그렇게 사랑을 붙잡아두기 위한 시도가 아닐까 생각했어요. 하지만 그게 애처롭진 않아요. 지금의 마음을 영원으로 만들기 위해서 자리를 만들며 서로의 삶을 연결시키고 단단하게 쌓아나가는 과정을 시작하는 건 분명 용기가 필요한 일이니까요. 얼마 전에 받은 청첩장 문구가 생각나네요. "숭고한 건 결혼이 아니라 단단한 저마다의 관계들이다.".

불완전한 우리를 지켜주는 건 결국 사랑의 대상만을 막연하게 믿거나 눈에 보이는 조건에 매달리기보다, 사랑의 힘을 가진 나를 믿고 앞으로 나아가는 의지, 미지의 타인과 관계를 이루며 삶을 지어 보겠다는 마음이 아닐까 합니다. 그러니까 사랑은 어쩌면 결심의 문제예요.

최근에는 전시 서문 작업이 많이 생겼어요. 저는 단체나 그룹전보다는 개인전의 서문 작업을 좋아하는 편인데요. 한 작가를 집중적으로 읽어내는 작업이 정말 재밌거든요.

다만 재밌으면서도 책임이 많은 일이에요. 작가들이 짧게는 반 년에서 1년, 길게는 몇 년에 걸친 작업을 마무리 짓고 세상에 내놓는 것이 개인전인데, 그 과정과 결과물을 읽어내 달라고 글을 맡기는 마음이 결코 가볍지 않을 거라고 생각해요. 또 우리가 전시를 보러 가면 필연적으로 전시 서문을 읽게 되잖아요. 정보가 없는 경우 작품 해석과 소통의 많은 부분을 서문에 의존하기도 하고요. 작가와 관객 사이에 다리를 놓으면서도 글 자체로서 가치 있는 것을 써내는 일, 작가들이 건넨 마음에 걸맞은, 그러나 너무 힘을 주지 않은 글을 써내는 작업은 늘 어려워요.

얼마 전에는 수락이 고민되는 상황이 있었어요. 이미 7월의 일정이 거의 차 있었는데, 7월 초에 오픈하는 전시의 서문이었거든요. 마감은 전시 오픈일 직전이었고, 조금 무리해야 맡을 수 있는 일이었어요. 하지만 이전에 제가 꽤 열심히 썼던 다른 작가의 전시 서문을 보고 글을 꼭 맡기고 싶었다는 말에 마음이 흔들렸고, 갤러리 대표님이 보내주신 작품 사진을 보고 왠지 하고 싶다는 마음이 들어서 수락하고 말았어요. 하지만 작가님을 만나러 가는 미팅 날까지도 이걸 맡은 게 잘한 일인지 의문이 들었답니다.

5월 말의 더운 날, 아직 대학원생인 이재열 작가님을 만났어요. 오랜만에 대학교 안의 작업실에 찾아갈 수 있었죠.

작가님은 언변이 좋은 타입은 아니어서 저를 앞에 두고 어떻게 작업을 설명해야 할지 어려워했어요. 하지만 더듬더듬 천천히, 몸이라는 주제로 도예 작업을 하게 된 계기와 자신이 이 작업을 하며 어떤 것을 느꼈는지, 어떤 과정 중에 있는지 설명해 주었어요. 왜 제게 글을 맡기고 싶었는지까지요. 저는 그가 무슨 말을 하고 있는지 금방 알 것 같았고, 그도 제가 중간중간 건네는 해석을 반갑게 받아들였어요. 저는 이 작가가 작품을 만들고 설명하는 데에 있어서 진솔하고, 또 자기 작품을 바라보는 사람들에게 정성스러운 태도를 가진 사람이라고 느꼈어요.

    돌아오는 길에는 할까 말까 들썩였던 마음이 언제였나 싶을 만큼, 잘 쓰고 싶다는 마음이 고개를 들었어요. 좋은 타이밍은 아니었지만 이 기회를 잡아보길 잘했다는 생각이 들었고요. 이제 발을 막 내딛은 작가를 권진규와 비교하긴 무리지만, 그래도 이 작가가 기나긴 시간을 잘 버텨낸다면 그렇게 아름다움의 장소를 스스로 빚어낼 줄 아는 작가가 될 수 있을 거라고 생각했어요. 왜냐면 우리가 이야기를 주고받는 사이에, 작가가 정성스레 빚은 작품들이 생명을 얻어 꿈틀대기 시작했거든요. 이제 막 움직이기 시작해서 어디로 갈지 알 수 없지만, 그렇기 때문에 더 가능성이 무한한 것들, 아니, 몸들. 그 몸들이 어디까지 증식할 수 있을지 지켜보고 싶어졌어요.

그렇게 지켜보고 싶은 마음이 드는 사람들이 있어요. 누군가 내 앞날이 궁금해 등을 밀어주었듯, 저도 슬쩍 등을 떠밀어주고 싶은 거죠. 밀어주면 저와 멀어질 테지만, 그냥 멀어져버린 사람과는 달라요. 밀어준 등이 저와 멀어진 간격만큼 우리 사이의 관계가 두터워진다고 생각해요. 이전엔 아무것도 없이 텅 비어 있던 우리 사이의 세계가 같이 부풀기 시작하는 거예요. 혼자서는 제 몸의 면적만큼 세계와 피부를 맞댈 수 있었다면, 누군가의 등을 밀어주었을 때에는 그렇게 관계가 팽창하는 만큼 제가 세계와 맞대는 피부도 더 넓어져요. 게다가 밀어준 등은 언젠가 다시 몸을 돌려 저를 바라볼 거고요. 그래서 어떤 날은 누군가의 눈이 아니라 등을 보면 배시시 웃음이 나요. 제게 있어 당신도 그런 사람이에요.

마음이 쉽게 자라지 않는 계절을 지나며 누군가 제 마음도 그렇게 등을 떠밀어 주었으면 좋겠다고 생각했어요. 그런데 최근에 그렇게 마음의 등을 떠밀어주는 사람이 나타난 것도 같아요. 물론 떠민다고 전부 나아가고 자랄 수는 없겠죠. 마음의 시차를 맞추는 시간이 필요해요. 하지만 또 약간의 희망을 가져봐요. 내 마음이 안착할 장소를 제대로 찾은 걸까 하고요. 답은 상대가 아니라 제 안에서 구할 수 있겠지만요.

시차를 맞추는 일은 여행이나 출장, 장거리 연애에만 따라오는 일은 아니에요. 작가들도 문득 떠오른 아이디어와 생각을 따라가며 작품을 만들어가고, 때로는 손이 먼저 움직여 무언가를 만들면서 생각이 뒤를 따라가기도 해요. 손과 머리의 시차, 보이지 않는 생각과 현실의 물성 사이의 시차를 맞추며 작업하는 일이죠. 형식이 먼저인지 내용이 먼저인지는 중요하지도 않고 알 수도 없어요. 다만 무언가를 진심으로 해내기 위해서 우리에겐 시차를 맞추려는 노력이 필요해요.

지난 토요일에는 바라캇 컨템포러리에서 터키 작가 네빈 알라닥의 전시를 봤어요. 현악기와 타악기를 섞어서 만들어낸 악기이자 기하학적 조각인 작품도 흥미로웠지만, 각자 다른 사물과 악기들이 소리를 맞추며 경쾌한 리듬을 만들어내는 3채널의 영상 작품 <세션>과 <흔적>이 더 좋았어요. 영상 속 사물과 악기들은 다양한 인종과 민족, 문화를 상징한다고 했는데, 꼭 자세히 알지 않더라도 약간의 시차를 가진 서로 다른 리듬이 하나로 엮이는 장면과 소리가 한 편의 오케스트라처럼 조화롭게 아름다웠답니다.

전시를 같이 본 사람과 경복궁 뒷길을 걸었어요. 걷는 속도가 조금 빠른 사람이었고요. 날씨가 더워서 땀방울이 송골송골 맺혔지만, 속도를 맞춰 걷는 것이 나쁘진 않았어요. 어차피 그럴까 봐 편한 신발을 신고 나갔거든요. 그런데 다음엔 조금 천천히 걷자고 말하려고요. 평소 불쾌함이 아닌 작은 불편함은 굳이 말하지 않는 편을 택하는데요, 그래서 무언가 불편하다고, 맞춰 달라고 말한다는 건 제게 큰 의미가 있어요. 그런데 그날 오후를 보내고 난 뒤, 왠지 말하지 않는 것보다 말하는 게 좋겠다고, 그래도 괜찮을 것 같다는 생각이 들었거든요. 어쩌면 걸음의 시차를 맞추는 것처럼 마음의 시차도 맞출 수 있지 않을까요?

아침엔 일어나자마자 병원에 갔어요. 얼마 전 운동하다가 허리에 작은 염증이 생겼거든요. 나빠지고 있는 몸을 다시 좋은 쪽으로 밀어붙이기 위해 담당 도수치료사 선생님이 열과 성을 다하셨어요. 갑자기 당겨진 시차 때문에 제 몸은 당황한 것 같았고, 저는 바로 집에 가서 일하는 대신 커피를 한 잔 사서 병원 앞 벤치에 앉았어요. 뭐든, 조금 기다려야만 할 것 같았거든요.

 그때 오지은 작가님의 반가운 톡이 도착했어요. 여름의 개인전을 위해 한창 작업 중인 그림들이었죠. 제가 전시의 서문을 쓰기로 했거든요. 갑자기 얼굴에 웃음이 피었어요. 원래 좋아하던 그림에 대한 글을 쓸 수 있는 것도 좋지만, 이렇게 전시로 공개되기 전의 그림을 만나는 과정도 얼마나 좋은지 몰라요. 더불어 다음 미팅 때 '케이크 뿌시자'는 작가님의 말도 괜히 설렜고요. 지쳐서 잠시 잊고 있었는데, 올여름에 예정된 작업들은 이렇게 설레는 게 많았다는 사실을 갑자기 깨달았어요. 가끔 지긋지긋하고 밉기도 하고 저를 힘들게도 하는 이곳은 제 일터이기도 하지만 살아가는 힘을 얻는 곳이기도 해요.

    다가오는 마음들을 받아내며, 보폭을 점차 넓히고 숨을 들이켜 보기로 했어요. 여행 후 시차에 적응하려면 아무렇지 않게 일상을 지속하는 게 가장 좋다고 하잖아요. 그래서 저도 제 주변의 어긋난 시차들을 맞추기 위해서 오늘의 일을 하고 내 마음을 간수하는 게 가장 좋다고 생각해요. 물론 아직 미묘하게 어긋난 것이 많지만 어디에 무엇을 맞춰야 하는지 어렴풋이 알고 있기에 그런대로 괜찮은 날들이에요, 정말. 아까 그 벤치에 앉은 채로 좋아하는 작가의 힘찬 그림을 보면서, 손에 든 이 커피를 다 마시면 나도 오늘의 몫을 하러 가자고 생각했어요.

저는 이렇게 잔잔하게, 점진적으로 설레는 여름의 문턱을 넘고 있어요. 당신은 어떤가요? 여름이 오면 생각나는 작은 책 『아무튼 여름』에서 작가는 초당 옥수수를 먹는 여름을 이야기해요. "좋아하는 게 생기면 세계는 그 하나보다 더 넓어진다. (…) 납작했던 하루가 포동포동 말랑말랑 입체감을 띤다. 초당 옥수수 덕분에 여름을 향한 내 마음의 농도는 더 짙어 졌다."라고요.

    좋아하는 그림과 글 쓰는 마음 덕에 제 여름은 올해도 한 뼘 넓어질 것 같아요. 시차를 맞추고 달려 나가고 싶은 마음 덕분에 밀도가 높아질 테고요. 당신도 그런 여름이면 좋겠어요. 괜찮다면 여름이 끝나기 전에 함께 여행을 가요, 우리.

여름의 기운을 담아, 지연

- 권진규 탄생 100주년 기념전 《노실의 천사》, 2022.3.24~5.22, 서울시립미술관
- 이재열 개인전 《QOSMOS》, 2022.7.6~7.30, 페이토 갤러리
- 네빈 알라닥 《Motion Lines》, 2022.5.25~7.24, 바라캇 컨템포러리
- 김신회, 『아무튼 여름』, 제철소, 2020

진짜 편지

무대 위에서 배우들은 자기의 말을 상대 배우만 듣고 있다는 듯이 말하지만 객석의 관객들도 듣고 있어요. 실은, 관객들으라고 하는 말이에요. 웃든 울든 숨을 돌리든 어떤 의미를 발견하든 뭐든 하라고, 극장에 앉은 사람들에게 전하는 말이죠. 언니에게 편지를 쓰려고 펜을 쥐면 무대에 오른 배우가 된 심정이에요. 우리의 편지는 불특정 다수에게 공개될 것을 전제로 주고받는 글이잖아요.

    편지라는 형식이 몸에 맞지 않는 옷처럼 불편해요. 이 형식이 불편한 건지 아직 누군가에게 내보일만한 글을 쓸 만큼 성숙하지 못했는데 써야 한다는 사실이 불편한 건지 모르겠어요. 지금까지 저 편지를 쓰지 않았던 것 같아요. 내 생각, 감상, 질문이나 고민을 나를 알지 못하는 사람도 최소한 무슨 말인지 이해는 할 수 있을 정도로 써보자. 하나의 글을 완성하는 데만 집중했어요. 그렇게 완성한 글의 수신인을 지연으로, 문장을 경어체로만 바꿨나 봐요. 그러니 재미가 없죠.

언니에게 쓰다가 갑자기 독자에게 말을 걸어보면 어떨까요. 예를 들면 이렇게요. "언니 지난주 금요일에 참 좋았어요. 오랜만에 몸을 움직이고 땀을 흘리니까 개운하더라고요. 아, 독자 여러분, 우리만 아는 얘기를 해서 당황하셨죠? 지연은 작가이자 미술비평가인 동시에 여러 개의 부캐를 키우고 있는데 그중 하나가 요가 강사입니다. 전 지난주 금요일에 지연이 진행하는 수업에 처음으로 갔어요. 맛집 가고 카페 가고 이야기꽃 피우는 것도 즐겁지만 오래 친구 관계를 지속하려면 공통의 관심사가 있어야 해요. 언니와 저는 2년 전인가 비슷한 시기에 요가를 시작했어요. '꾸준한 수련'은 우리의 대화에서 빠지지 않는 키워드입니다. 하지만 요가에 관해 '말'하는 것보다 함께 매트 위에서 같은 동작으로 '움직이는 것'이 더 좋아요." 훨씬 낫네요. 언니에게만 쓰는 척, 실은 독자들을 의식하면서 어색한 말투로, 서두에 던진 주제를 어떻게든 끝맺으려 질질 끌고 갈 바에야 무명의 독자에게 말을 거는 게 낫겠어요.

편지 형식은 만만치 않아요. 다른 사람의 편지는 가볍게 읽을 수 있지만 쓰는 작업은 쉽지 않은 것 같아요. 편지를 자유롭게 주고받다가 "이 글 우리만 보기에 아쉽다, 다른 사람들도 재밌게 읽을 수도 있겠다"하고 책으로 내는 것과 우리 프로젝트는 다르지요. 출간 계획서를 쓰고, 한 달에 한 편씩 주고받기로 정한 뒤 쓰는 편지는 진짜 편지와 다를 수밖에 없어요. 받는 사람이 이중이 되니까요. 겉으로 드러난 수신인은 지연. 베일 뒤에 가려진 수신인은 '독자'. 그렇다고 지금까지 썼던 편지가 가짜라는 건 아니에요. 저는 무대 위에서 어색하게 움직이지만 극본을 제가 어떻게 이해했는지, 무엇을 느꼈는지를 솔직하게 표현하려고 노력해요.

다만, 형식이 주는 무게감에서 벗어나 내가 보고 느끼고 생각한 것, 나의 변화, 전시공간에 들어설 때와 나설 때 나의 미묘한 차이를 어떻게 하면 가볍게, 재밌게 전할 수 있을까 생각하는 것이죠. 그러려면 지금보다 더 많이 읽어야겠어요.

읽기로 마음먹은 뒤에는 일단 짧은 글부터 시작하는 게 좋겠지요? 먼저 언니가 일주일 전에 보내준 편지를 읽습니다. 언니의 편지는 창호지같이 바깥 풍경을 흐릿하게 담아내요. 바라캇 컨템포러리와 국제 갤러리, 학고재가 있는 삼청동 길이 그려져요. 가본 적 없는 대학교의 작업실도 상상해 봅니다. 대화 중간에 공백이 생기는 걸 참지 못하는 사람이 상대의 눈을 맞추며, 작품을 바라보며, 끊임없이 말하는 모습을 상상해요. 창호지에 비치는 흔들리는 나무의 실루엣, 바람

소리. 아, 여름! 요새 무기력해서 침대에 누워있는 시간이 많은데 언니의 편지가 초록 여름 속으로 제 등을 떠미는 느낌이에요.

  언니와 저는 색깔이 달라요. 언니는 노랑, 초록, 오렌지, 핑크, 생생한 느낌이고 저는 흰, 검정, 푸른, 잿빛, 물 빠진, 흐린 느낌이지요. 아, 독자님 이게 무슨 말인지 글로는 느낌이 안 올 수 있는데 실제로 만나보면 바로 알 수 있답니다. 실제로 언니와 제 옷장에 있는 옷들의 색상이기도 하고, 제가 느끼는 언니와 저의 차이이기도 하고요. 같은 전시를 보고 똑같은 작품의 사진을 찍어도 색감이 조금 다른 거 아니요? 언니가 찍은 사진은 밝고 생기 있고요. 제가 찍은 건 좀 더 어둡고 차분해요. 갤럭시와 아이폰만의 차이는 아닐 것 같아요. 어떤 순간에, 어떤 각도에서 촬영 버튼을 누르느냐가 중요하겠지요. 우리의 색 차이가 이 편지에서 제가 찾은 재미 요소입니다. 같은 작품도 언니의 앵글에서 바라보면 또 다른 점이 재미있어요.

언니 요즘 마음이 통하는, 마음을 움직이는 작업을 만나지 못했다고 했잖아요. 최근에 느낀 건데 전시를 보는 나의 상태가 중요한 것 같아요. 권진규 작가의 <지원의 얼굴>이라는 작품을 대학교 2학년 때인가 리움 미술관에서 처음 봤거든요. 봄비가 추적추적 내리는 저녁이었어요. 미술관에 스태프 말고 아무도 없는 거예요. 그날 만난 지원의 얼굴이 가져다 준 울림은 잊을 수 없어요.

　생각해보면 좋았던 전시 대부분 사람이 많지 않은 평일 저녁에 혼자 봤어요. 무용수 최승희의 예술세계를 아카이빙한 남화연 작가의 개인전 «마음의 흐름»도 그랬네요. 시각예술을 본다는 건 감상과 독해가 동시에 이루어지는, 고도의 집중과 몰입을 요하는 일이라고 생각해요. 이미지를 훑고, 분위기만 느끼고 미술관을 떠나도 상관없지만, 더 알고 싶고, 궁금하고, 잘 이해하고 싶은 사람에게는 종일 앉아있어도 부족하게 느껴져요.

　그니까 언니, 잠이 중요해요. 언니 마감한다고 맨날 늦게 자잖아요. 근데 언니 편지 끝까지 읽고 나니까 이 여름이 언니에게는 미술관보다 미술관 밖에서 더 많은 아름다움을 발견하는 계절이구나 싶네요. 시차를 맞춘다는 것, 얼마나 시적인 표현이에요.

　최근에 저는 합정지구에서 열린 «TAP, TAP, TAP: 후우, 후-» 전시를 인상적으로 보았어요. 안무가들의 움직임을 담은 여러 편의 영상이 있었는데 그중 유지영 안무가가 만든 ‹와스스 와스스›가 기억에 남아요. 남자와 여자가 간격을 두고 서서 천천히, 아주 천천히 무너져 내렸다가 일어나기를 반복해요. 어느 순간 인간의 몸 같지가 않았고 벌레 같기도, 액체 같기도, 관념 그 자체라는 생각도 들었어요.

의자에 앉아서 30분 남짓한 영상을 보고 묵직한 몸을 일으켜 계단을 걸어 나오는데 전시를 보기 이전과 달라진 제 몸의 감각을 느낄 수 있었어요. 계단을 오르는 다리의 움직임이 당연하게 느껴지지 않더라고요. 내 손가락이 움직이고, 발가락이 움직이고, 다리가 몸을 지탱하고, 다리의 움직임을 따라 팔과 허리가 움직이는 것이 신기했어요. 사실 신기한 게 맞지요. 당연한 건 아무것도 없는데, 잃어버리기 전에는 그것의 존재를 인지하지 못해요. 와스스와스스— 내 신체의 부위들을 잠시 잃었다가 되찾은 기분이 들어요. 쓰다 보니 갑자기 요가 하고 싶어지네요. 몸의 구석구석 차분히 들여다봐주고 깊이 호흡하며 느끼고 싶어요.

요즘 전시공간이나 갤러리에서 하는 개인전을 주로 보았는데 그래서인지 규모가 큰 작업을 보고 싶은 욕구가 스멀스멀 올라와요. 수많은 작품들 속에서 녹초가 되고 싶기도 해요. 발바닥이 쪼개질 듯이 아프고 더는 못 보겠다, 봐도 눈에 들어오지 않는다, 질릴 정도로 많은 작품을 보고 싶어요. 네, 베니스에 가고 싶다는 말이에요. 또 요즘 텍스트와 시각예술이 상호작용하면 엄청난 시너지를 낼 수도 있다는 생각을 해요. 글이 방해가 된다고 생각한 적도 있거든요. 그런데 작가 본인이 자기 작업을 설명한 글이나 비평가가 어떤 맥락에서 작품을 성실히 읽어낸 텍스트가 작품을 (좋은 의미로) 팽창시킨다는 생각이 들어요. 빵처럼 부풀어오르는.
잘 부푼 크루아상은 더할 나위 없는 만족감을 주죠. 해서
'읽기'와 '보기'를 적절히 잘하고 싶어요. 무엇보다 저의 만족을
위해서요. 언니가 전시 서문을 쓰는 작가님의 작업도, 글도
벌써 궁금해요.

저도 많이 읽고 재밌는 거 찾아서 다음에 여행가면
언니에게 소개해 줄게요. 지금 제 책장에 새로 사 놓고 읽지
않은 책들이 많아요. W.G. 제발트의 소설, 『올리브 키터리지』,
로베르트 발저의 작품집까지. 후후후…. 에어컨 아래서
풍요로운 여름을 보내겠어요.

원고가 아닌 편지이므로 퇴고 없이 보냅니다.
그럼 안녕.

건희

— 《TAP, TAP, TAP: 후우, 후—》, 2022.5.13~6.5, 합정지구, 별관,
  얼터사이드
— 남화연 개인전 《마음의 흐름》, 2020.3.24~5.10, 아트선재센터

완벽하지 않은 시작

자기 이야기를 자연스럽게, 의식하지 않고 할 때 가장 좋은 글이 나오는 것 같아요. 자연스러운 글이 좋으려면, 결국 어떻게 사는지가 문제겠죠. 왜 전에 그랬잖아요. 좋은 글을 쓰는 가장 좋은 방법은 글을 쓰는 게 아니라 삶을 살아가는 거라고. 그 말을 듣던 당신의 눈을 보았어요. 저는 그때 맞은편에 앉은 이 사람이 어떤 식으로든 좋은 것을 내놓게 될 거라고 확신했거든요.

예전에 본 영화 〈위크엔드 인 파리〉에서는 결혼 30주년 기념으로 신혼여행지였던 파리를 찾은 한 노부부의 며칠을 그려요. 서로에게 덤덤해져 그렇고 그런 일상을 사는가 싶었는데, 여전히 엇갈리고, 의심하고, 애타고, 서로를 원하는 그들. 말랑하고 달콤한 환상이 아니라 현실적인 낭만을 담은

영화예요. 저는 다른 것보다는 엔딩 무렵의 대사가 기억에
남았어요. "Read less, live more." 그리고 그들은 춤을 췄어요.
영화를 보던 날 받아 적은 이 대사는, 아직도 제 스마트폰
메모장의 맨 윗줄을 차지하고 있어요.

    읽는 것도 좋지만 너무 많이 읽지는 말아요. 계속
살아가면서 때때로 손이 가는 대로 써보면서, 너무
준비하지도 말고, 어떻게 완성될지 미리 그려보지도 말고.
아직 글이 직업이자 생계 수단이 아닌 사람이 가질 수 있는
특권이잖아요. 제게는 이 원고나 일기가 그런 틈이에요. 우리가
이 글을 언젠가 끝맺게 되고 한 편의 원고가 완성된다면, 그
안에서 변화하는 글의 모습, 쓰는 태도를 보는 재미도 있을
것 같아요. 그게 또 '재미'가 될 수 있다니까요. 어떤 흐름의
재미가 될지는 아직 모르는 일이고요. 그런 의미에서 가을에
베니스에서 올 편지가 기다려지네요.

몇 주 전에 삼청동의 초이앤초이 갤러리에서 열리는 샌정
작가의 전시에 갔어요. «Solitude», '고독'이라는 전시 제목에
어울리게 그날따라 아무도 없었고, 에어컨 바람은 서늘했어요.
흰 벽 위에 걸린 회화 작품들이 마치 어린아이가 벽에 그린
낙서처럼 투박하면서도 자유로웠어요. 언뜻 보면 마치 먹으로
농담을 조절한 것처럼 투명해 보이는 무채색 배경 위에
원색의 사각형이나 선, 터치가 그려져 있었는데요. 불규칙한

요소들이 뒤섞였는데도 전체적으로 조화와 균형이 느껴지는 화면이었답니다.

관객들은 이런 추상화를 볼 때 완성된 작품이 맞는지 의문을 가지기도 하잖아요. 특히나 주입식 미술교육을 받은 우리는 두꺼운 물감과 꽉 찬 밀도의 붓터치만이 완성에 가까운 거라는 편견을 가지고 있고요. 저도 작가들이 그림을 그리다가 언제쯤 완성이라는 확신을 하는지 궁금할 때가 있어요.

그날 전시를 본 뒤 샌정 작가의 인터뷰를 찾아봤거든요. 작가는 그림을 그리는 과정에서 눈에 보이지 않는 감각과 사유가 끊임없이 서로 오가고 싸우다가 마침내 캔버스 위에 가라앉는 순간이 있다고 했어요. 그 가라앉은 것들을 그림으로 그리는데, 눈앞의 화면이 '또 하나의 세계'라는 생각이 들 때가 있대요. 맞아요, 바로 그림이 완성되는 시점이에요. 작가는 자신에게 있어서 회화란 이렇게 '숙명처럼 한 세계를 열어 보이는 것'이라고 했어요. 작가도 처음부터 하나의 화면을 완전히 계획하진 않았을 거예요. 그리다 보면 알 수 있는 것들이 분명 존재했겠죠.

어떤 일에서든 완벽하게 시작하는 건 거의 불가능한데도, 저는 늘 완벽하게 시작하려고 준비하다가 많은 것을 놓치곤 했어요. 무언가를 지나치게 좋아해서 제대로 해내려고 너무 오래 준비하다 보면 마음속에서 그 대상이 자꾸만 커져서 결국 두려워지고, 아무것도 못 하게 되더라고요. 오히려 너무

대단하거나 특별하게 여기지 않을 때 산뜻하게 시작할 수 있는 것 같아요. 나머지는 어차피 그때그때 달라지는 상황에 맞춰 해결해나가면 되는 거고요. 지나고 보니 얼떨결에 시작한 것들이 저를 여기까지 끌고 온 것 같아요. 그런데도 아직 저도 모르게 완벽하게 시작하려고 할 때가 있어요. 일, 관계, 연애 같은 것 모두요. 주로 낯설고 두려울 때죠.

완벽하진 않지만 적당한 시작의 타이밍, 마침내 하나의 세계가 숙명처럼 완성되어 손을 놓아도 될 시점 같은 건 어떻게 알 수 있을까요? 외부가 아니라 내부에서 찾을 수 있는 문제일 텐데, 샌정 작가는 아마도 혼자 작업하는 고독 속에서 그걸 찾아낸 것 같아요.

저는 밤 산책 중에 그런 것들을 생각해요. 어둠이 짙어지며 저를 완전히 감싸 안을 때, 그래서 외부의 사사로운 것들이 눈에 띄지 않고 오롯이 혼자의 마음이 될 수 있을 때. 그제야 걸음마다 불필요한 것들이 떨어져 나가면서, 같이 있을 때는 희미했던 것들이 또렷한 형상이 되어 나타나거든요. 당신이 혼자 전시를 보는 저녁과 비슷할 것 같아요. 혼자 있는 시간은 의외로 반가운 것들을 많이 만나는 때에요.

지난번에 걸음이 빠른 사람에 관한 얘기를 했죠. 그 다음에 만났을 때, 걸음이 조금 빨랐다고, 다음엔 조금 더 천천히 걸었으면 좋겠다는 얘길 했더니, 사실 그날 제 걸음의 속도를

맞춘 거였대요. 그러면서 자기 걸음이 원래 빠르다는 건
시인하며 웃더라고요. 저는 그 사람의 속도를, 그 사람은
제 속도를 맞추면서, 우리는 중간의 어디쯤에서 만난 거겠죠.
서로 몰랐지만 말예요. 서로 속도를 맞췄다는 사실을 알고
나서야 비로소 그날 오후가 완벽해졌어요. 그러니까 혼자서는
아무리 완벽하려고 해봐야, 모든 걸 준비하려고 해봐야 별수
없어요. 외부에는 내가 미처 생각지 못한 퍼즐 조각이 항상
존재하니까요.

    그날 시집을 선물 받았는데 깜짝 놀랐어요. 얼마 전에
본 전시 서문의 인상깊은 구절이 어느 시집에서 인용한
거라고 듣고서 내내 찾았거든요. 정확한 제목을 몰라서 찾기
어려웠는데, 선물받은 시집의 뒷표지에 있었어요. 때때로
퍼즐은 예상치 못한 곳에서 맞춰져요. 완벽하려고 노력하는
순간이 아니라요.

"쏟아지는 별들에 맞아 죽을 수 있는 행복. 그건 그냥
전설일 뿐인가? 친구, 정말 끝까지 가보자. 우리가
비록 서로를 의심하고 때로는 죽음에 이르도록
증오할지라도."
— 진은영 시집 『일곱 개의 단어로 된 사전』

우리도 얼떨결에 시작한 편지로 어디까지 갈 수 있는지 끝까지 가 봐요. 우리가 이걸 쓰다가 서로 의심하고 죽음에 이르도록 증오할 리는 없으니 더 쉽지 않을까요? 무언가 쓰고 그린다는 건 때때로 쏟아지는 별들에 맞아 죽는 행복 같지만, 저는 늘 누구도 죽지 않을 결말을 그린답니다. 쓰고 그리고 만드는 것, 그 어떤 것도 삶의 우위에 있다고 생각지 않아요. 서로 적절하게 엮였을 때 더 아름다운 것이 탄생한다고 믿어요. 진짜 편지를 써보기로 한 여름의 어떤 날이, 햇살에 그을린 피부처럼 마음에 흔적을 남기기를.

낮엔 꽤 덥지만 아직 밤 공기는 선선해서 산책하기 좋아요. 공원에 앉아 눈을 감으면 바람에 바스락거리는 무성한 잎의 소리, 촉촉한 흙 냄새 섞인 공기가 코끝에 느껴져요. 숨을 크게 들이마시면 시원한 초록이 온몸에 퍼지는 것만 같아요. 물론 팔뚝을 간지럽히는 지긋지긋한 모기도 빼놓을 수 없죠. 곧 장마가 올 거예요. 이어 숨 막히는 열대야도 올 테고요. 에어컨으로 무장을 해봐야 여름은 여름이에요. 이 계절엔 완벽한 진공 상태의 쾌적함만 누릴 순 없어요.

오는 계절에 몸을 맡기며 어깨와 마음에도 조금 힘을 빼보려해요. 사랑에 관한 글을 써야만 하는데 오랫동안 막혔어요. 또 너무 완벽하게 준비해서 시작하려 했나 봐요. 그런데 이제 쓸 수 있을 것도 같아요. 조금 풀어놓은 마음

사이로 여름의 바람이 불고 있거든요.

일요일, 밤 산책을 나서며, 지연

- 샌정 개인전 《Solitude》, 2022.5.6~6.25, 초이앤초이 갤러리 서울
- 로저 미첼 감독, 〈위크엔드 인 파리〉, 2013
- 진은영, 『일곱 개의 단어로 된 사전』, 문학과지성사, 2003

멋진 하루

저는 지금 천안의 한 호텔에 와 있어요. 속이 시끄러워서 시끄러운 소리를 피해 멀리 호텔까지 왔는데 제가 생각했던 그림과 다르네요. 여기 룸 컨디션은 나쁘지 않은데 전망이…. 바로 앞에 보이는 건물이 클럽, 안마방, 마사지 업소인데요, 전망 덕분에 호텔이 순식간에 모텔이 되어버렸습니다.

    낮에는 천안 아라리오 갤러리에 다녀왔어요. 가족 일 때문에 왔는데 볼일만 보고 가기 뭣하고, 호캉스라는 것도 한 번쯤 해보고 싶어서 하루 묵기로 했어요. 충동적인 선택이었어요. 그런데 전시도, 숙소도 기대에 미치지 못했어요. 기대를 안 했음에도 불구하고요. 그냥 감자칩 먹으면서 소설 읽어요. 어느덧 밤 11시. 소설도 감자칩도 물려서 뜨거운 물로 샤워하고 포트에 물을 끓여 녹차를 탔어요. 언니가 보내준 편지를 읽어요.

　　　글 안에서 언니의 생각은 일관되어 있어요. 언니 글을 좋아하는 독자들은 언니가 삶을 대하는 태도를 좋아하는 것일 수도 있겠어요. 다가올 것들은 그런대로 두고 오늘 내가 할 수 있는 일을 하자. 성실하고 꾸준한 사람의 힘 빼기. 그 가벼운 걸음은 경쾌해요. 저도 언니의 가벼운 총총걸음을 좋아해서 이 편지를 읽는 게 좋아요. 점을 이어 운명을 만든다, 시작은 내가 해도 완성은 타인과의 만남이나 타이밍 따위의 몫이 되기도 한다. 위로가 되는 다정다감한 말이에요. 오늘처럼 살랑살랑 외로움이 드는 날에는 다정한 말만큼 좋은 게 없지요.

천안 아라리오 갤러리는 아주 크고 쾌적해요. 입구로 오르는 계단 옆에는 데미안 허스트의 작품이, 문 앞에는 안토니 곰리의 조각이 있어요. 지금은 씨킴의 작업을 전시 중이에요. 씨킴 작가는 아라리오 갤러리의 회장님이에요. 저는 이 사실을 모르고 전시를 보았어요. 이렇게 아무 감흥이 없는 전시도 오랜만이었는데, 넓은 갤러리의 2, 3층을 다 활용해서 큰 규모의 전시를 할 정도의 작가는 누구인가 궁금해지더라고요. (유일하게) 흥미로웠던 건 전시실 3층에 작가의 작업실을 그대로 옮겨 놓은 설치작업이에요. 작가의 작업실을 재연해 놓은 공간을 둘러보며 저는 두 가지 생각을 했어요. 1. 작가는 예술을 하고 싶어한다 2. 영감은 깔끔하게 정리된 공간에서만

나오지 않는다.

　요새 머릿속이 복잡해요. 많은 생각들이 떠오르다 사라지기를 반복해요. 문장들이 둥둥 떠다녀요. 그래서 잠시 서울을 떠나 하룻밤을 보내기로 한 건데, 어째 더 복잡해져 버렸네요. 정리는커녕 제가 요새 얼마나 산만한지를 다시 확인하기만 했어요. 그러나 어쩌면 아무것도 정리되지 않은 채로 생각과 상상의 조각들이 파편적으로 산재해 있는 지금이 무언가를 만들기 이전, 가장 열정적으로 영감을 쌓고 있는 시기인지도 모르지요. 작가의 작업실처럼요.

　다시 아침이에요. 지난밤에는 새벽 두 시까지 내셔널지오그래픽을 보았어요. 거기 범죄 피해자인 한 여성의 증언과 범죄 당시를 재연한 영상이 교차 편집되어 나왔는데, 결국 그녀가 남자에 꼬임에 빠져 운반하게 된 무거운 가방에 든 물체가 무엇이었는지 알려주지 않고 끝나버렸어요. 허무해라. 마약이겠죠? 그래도 너무 궁금해서 유튜브로 미친 듯이 검색하다가 잠이 들었고, 꿈을 꾸었고, 무슨 꿈인지는 기억이 안 나요. 8시 반쯤 간단히 세수와 양치를 하고 조식을 먹으러 3층에 왔어요. 엘리자베스 스트라우스의 소설 『올리브 키터리지』를 읽으며 맛없는 조식을 깨작대다가 커피만 두 잔 마시고 나왔네요.

　지금은 1층 로비에 앉아 언니에게 편지를 써요. 비가 오면 좋겠지만 비는 오지 않으려나 봐요. 생각과는 많이 다른 천안에서의 하루가 이렇게 지나갑니다. 소설을 마저 읽고 서울에 갈까요, 아니면 서울 가는 기차에서 읽을까요? 잠을 설쳐서 기차 안에서 잠들 것 같은데 말이죠.

아라리오에서 우연히 만난 작가와 저는 나이, 성별, (특히) 재산, 다 다르지만 그 사람이나 저나 예술이 하고 싶은 것 같아요. 세상에 없는 아름다움, 사랑과 그리움의 형태인 아름다움을 창조하고 싶은 욕망이요. 나의 영감을 새로운 형식으로 탄생시켜 영원히, 거듭 살고 싶은 욕망이요. 저, 가끔 시 써요. 아무에게도 보여주지 않지만. '시인이 되고 싶다' 혹은 '시집을 내고 싶다'와 '시를 쓰고 싶다'는 완전히 다른 욕망이라고 생각해요. 후자가 훨씬 근원적인 욕망 같아요.

이제 10시가 넘어가고 있는데 해가 쨍쨍하지 않아서 다행이에요. 슬슬 객실로 돌아가 샤워하고 체크아웃 해야겠어요. 짧은 편지만 보내기 아쉬워서 낯선 도시에서의 하룻밤을 쓴 메모를 부쳐요. 잘 지내죠?

종이신문

옆자리 남자가 신문을 읽고 있다. 옆에 베이지색 백팩이 놓여있다. 금요일 아침 8시에 서울역 카페에서 종이신문을 정독하는 남자는 무슨 일을 하는 사람일까. 슬쩍 보니 가로세로 낱말풀이를 하는 것도 아니다. 주식 관련 기사를 읽는 것도 아니고. 내가 샌드위치를 절반 정도 먹는 사이 그는 기획기사에서 오피니언란으로 넘어왔다. 한 면, 한 면 순서대로 꼼꼼히 읽는다. 재미있는 뉴스가 있나 경향신문 어플을 켜니 이준석의 얼굴이 대문만 하게 떠서 다시 끈다. 옆자리 남자가 잠시 자리를 떠나서 그가 읽고 있던 칼럼의 제목을 흘깃 본다. <운동권 정부만 고결하다는 시대착오>. 오늘 자 조선일보에 실린 칼럼이다. 오호, 조선을 보고 있었구나. 그런데 옆에 신문이 한 부 더 놓여있다. 저건 1. 한겨레이거나 경향이거나 (진보지) 2. 경제지일 것이다. 기자 준비생이라기에는 나이가 많아 보이는 그는 곧 자리를 정리한 뒤 갈 길을 간다. 아침이니까 커피를 1/3쯤 남기고 나도 자리를 뜬다.

헤어질 결심

2022년 6월 29일 박찬욱 감독의 영화 <헤어질 결심>이 개봉했다. 결연한 의지가 느껴지는 제목이다. 동시에 마음을 단단히 먹어야만 겨우 가능할지 모르는 헤어짐, 그와는 반대로 달려가는 애틋한 마음이 느껴져 영화를 보기도 전에 나는 넘어졌다. 사람을 미끄러지게 만드는 제목이구나.

　　서래는 제도(법) 밖에 있는 사람이다. 한국에 체류 중인 중국인 여성이고, 본국에서 어머니를 죽인 살인자이다. 해준은 제도(법) 안에서, 제도가 기능하도록 움직이는 사람이다. 서래와 해준의 시선은 영혼이 닮은 서로를 향하고,

욕망하지만, 끝내 미끄러진다. 두 사람은 다른 궤도에 위치한 행성 같다.

처음 이 영화를 보았을 땐 멍했다. 아름다웠다. 내내 안개처럼 깔린 말러의 교향곡과 여전히 소년 같은 박해일의 해준과 파도처럼 영화를 삼켜버린 탕웨이의 아름다움에, 눈을 크게 떴다.

두 번째 볼 땐 마스크를 잠시 내리고 손가락으로 눈을 비비며 울었다. 서래가 해준에게 "당신 같은 남자는 나와 만나주지 않으니까요."라고 말하던 순간. 또박또박하게. 나는 극중에서 서래가 정확하게 말하려고, 전달하려고 애쓰는 게 좋았다. 그는 한국어로 전하지 못할 것 같은 말은 과감히 스마트폰 번역기를 사용한다. 구어체보다는 문어체에 가까운 말들. 문자 속 텍스트만 보면 한국사람보다 더 한국사람 같은 서래. 해준의 말대로 그는 참 꼿꼿하다. 긴장하지 않고 그렇게 꼿꼿하기란 어렵다.

고독 예습

지금 나는 천안 시내의 한 호텔에 와 있다. 오늘 밤 여기서 잘 거다. 내 책상에는 감자칩 두 봉지와 허니버터아몬드, 탄산수, 소설책, 일기장, 펜, 스마트폰, 시계가 놓여있다. 아무도 나를 방해하지 않는다. 나를 찾지 않는다. 뷰가 더럽게 좋은 방이다. 커튼을 젖히면 안마방과 마사지샵, 클럽이 보인다. 큰 건물의

3, 4, 5층은 클럽이고 7층은 안마방이다. 노래 부르고 춤추다가 지치면 안마를 받으러 올라오라는 건가? 요즘 나는 이래도 되나 싶을 만큼 여유롭게 산다. 일어나고 싶으면 일어나고, 자고 싶으면 자고, 배가 고프면 먹고 싶은 음식으로 끼니를 때운다. 빵이나 과자, 인스턴트 우동, 아이스크림으로. 잘 먹는 것은 나에게 잘 자는 일만큼이나 어렵다. 분명 호텔인데 뷰 덕분에 모텔처럼 느껴지는 방이다. 룸 컨디션은 나쁘지 않다. 하늘의 색이 어두워지고 책상 스탠드만 켠 방에도 어둠이 내려앉으면 나는 비로소 혼자가 된다. 나 혼자 있는 방에 피하고 싶었던 것들, 그림자처럼 검고 어두운 것들이 천둥같이 우르르 몰려온다. 나는 운다. 다행이라고 생각한다. 한동안 눈물이 나지 않는 것이 고민이었다. 고독을 예습하고 있다고 생각하자.

베를린 필하모닉 오케스트라가 세계 최고의 연주 수준을 유지하는 비결

다시 집으로 돌아왔다. 에어컨을 켜고 옷을 훌러덩 벗고 샤워를 했다. 패드 두 장으로 열감이 있는 얼굴을 닦아내고 냉장고에서 꺼낸 마스크팩을 붙였다. 박스 티셔츠만 입고 젖은 머리로 누워 이온음료를 마시니 집이 좋구나, 소리가 절로 나온다. 침대 발치에 엎어져 있는 토순이를 두 발로 잡아 끌고 올라와 껴안고 잠시 눈을 붙인다. 토순이가 그리웠다. 나의 불면의 밤과 새벽을 지켜주는 인형 토순이. 일어나니 노을이 지고 있다. 서울의 집에서 보는 노을은 고독하지 않아서 좋다. ‹세상의 모든 음악›이 하고 있을 시간이다. 전기현 아저씨의 목소리를 들으면서 지난 이틀간 적은 메모를 옮긴다. 아저씨는 오늘의 오프닝에서 중계방송 관계로 방송을 늦게 시작했다고 하면서, 베를린 필하모닉 오케스트라가 세계 최고의 연주 수준을 유지할 수 있는 비결은 여가 시간이라고 말해주었다. 역시 잘 쉬는 것이 중요하다. 그런데 나는 지금 쉬고 있는 걸까. 쉬고 있는 것도 같고 아닌 것 같기도 하고. 어느 각도에서 보면 초록색이고, 또 어느 방향에서 보면 푸른색인 서래의 드레스처럼 삶에는 알 수 없는 것들이 많다.

건희

—   씨킴 개인전 《Overcome Such Feelings》, 2022.6.24~2023.4.16, 아라리오 갤러리 천안
—   박찬욱 감독, ‹헤어질 결심›, 2022

구겨지지 않는 마음

요즘엔 밤 산책을 자주 해요. 너무 더워서 낮에 걷기 힘들기 때문이기도 하지만, 한편으론 밤에 보는 풍경은 또 다르기 때문이에요. 어둠이 마치 이불처럼 사방을 폭 감싸고 나면, 모든 것이 공평하게 빛나던 낮엔 잘 보이지 않던 것들을 만날 수 있어요. 낮에는 그냥 지나친 흰 꽃이 밤에 유난히 더 눈에 띈다거나, 발에 밟히는 흙의 촉감이나 멀리서 오는 꽃향기처럼 시각에 밀려 발견하지 못한 감각들을 더 가까이서 느낄 수 있거든요.

  밤의 미술관에 가본 적 있나요 영화 속에선 항상 밤에 사건이 일어나잖아요. 〈오션스 8〉에서는 뉴욕 메트로폴리탄 박물관에서 다이아몬드 목걸이를 훔칠 계획을 세우고, 〈박물관이 살아있다〉에서는 밤이 되면 전시된 유물들이 깨어나

활동하기도 하고요. 유럽에선 실제로 매년 5월의 세 번째 토요일에 자정까지 미술관과 박물관에 갈 수 있대요. 달빛 아래 손전등을 들고 파리 로댕 미술관의 야외 정원을 거닐며 조각을 감상한다던데, 어쩐지 낭만적이에요.

다른 각도, 다른 조명에서 보면 다른 것들이 보여요. 대학생 때 밤의 전시 설치 현장에서 일한 적이 있었거든요. 그때 알았어요, 내가 모르는 많은 사정이 있다는 것을. 그때부터 미술관에 가면 이 전시를 만들기 위해 지난밤을 불살랐을 사람들, 지금 전시장 뒤를 지키는 그림자들을 기웃거리게 돼요. 사정을 알고 나면 전시에서도 작품 말고 다른 것들이 보일 때가 많아요. 애매한 공간 연출, 잘못된 조명, 인쇄물의 품질, 작은 전시장의 제한적인 오픈 시간처럼 때로는 부족한 부분이 보이기도 하고요. 하지만 어쩔 수 없는 최선이라고 느껴진다면 굳이 말하지 않아요. 사정을 알면서 굳이 약한 곳을 찌를 이유가 무엇겠어요.

 전시 리뷰를 쓰기 위해 지방의 작은 미술관에 간 적이 있어요. 주제가 있는 그룹전이었는데, 몇몇 작품들은 억지로 주제에 끼워 맞춘 듯했어요. 전시를 보고 나와 차를 마시면서, 같이 간 사람은 제게 전시에 대한 생각을 물었어요. 생각한 그대로 얘기했죠. 그러자 그거 글에 쓸 거냐고 묻더라고요. 전 쓰지 않겠다고 했어요. 원하는 작가의 원하는 작품을, 필요한

일정과 주제에 맞춰 전부 데려올 수 없는 건 어느 미술관이나
같은 사정일 테고, 특히나 서울이 아닌 곳에선 더할 테니까요.
게다가 애써 구성을 맞췄더라도 전시 직전에 돌발 상황이 생길
수 있고요. 큐레이터로선 이게 최선이었고 스스로도 문제를 알
가능성이 높은데, 차라리 고생한 사람의 등을 두드려주는 게
나은 선택이다 싶어요.

    사람도 그래요. 왜인지 알면 밉지 않아요. 삐죽
튀어나오는 어긋난 행동이나 불편한 얘기는 확실히
밉살스럽지만, 이유를 알면 사람이 미워지진 않아요. 누구나
어쩔 수 없는 사정이 있잖아요. 얼마 전 <서울 체크인>에 나온
이옥섭 감독과 구교환 배우는 "누가 미우면 그냥 사랑해버린"
대요. 연민을 가지고 보면 예쁘지 않은 것이 없다고, 미우면
일단 귀여워해 보라고. 얼마나 멋진 태도예요. 우리를 서로
가깝게 해주는 건 그런 이해와 사랑의 마음이 아닐까요.

저의 어떤 하루도 얘기해주고 싶어요. 계획과는 아주 달랐지만
기묘하게도 하루종일 만난 모든 것들이 하나의 결말로 향하는
것 같은 날이었어요. 마치 처음부터 정해진 결말이 있었던
것처럼요. 비가 억수같이 쏟아지던 날 평창동에서 본 두 개의
전시는 꼭 어떤 복선 같았어요.

    한차연 작가의 전시 《Way Home》에는 혼자인 사람의
이미지가 많았는데, 혼자 걷는 모습, 오도카니 앉은 모습,

전하고 싶은 이야기를 담아 고이 접은 쪽지, 웅크려 누운 사람 위로 피어나는 풍성한 꽃의 그림들은, 무언가를 견디고 버티는 고독한 마음과 그럼에도 불구하고 다시 일어나 걷는 이의 마음을 담은 것 같았어요. 커다란 통유리창의 표면으로 쉴 새 없이 빗물이 흘러내렸고, 조금 눈물이 났어요. 괜찮으면서 속상한 마음 알아요? 현실적으로 정말 괜찮지만, 그래도 감정은 괜찮지 않은 거요. 그림 앞에서 깨달았어요. '그래, 나 좀 속상했구나.'.

비가 너무 많이 와서 집으로 돌아갈까 하다가 꼭 보고 싶은 전시가 하나 더 있어서 차를 돌렸어요. 갤러리2에서 열린 전현선 작가의 전시였어요. 전시의 제목은 «Meet Me in the Middle». 마침 전시장에 저 혼자라 꽤 오랫동안 머물었어요. 다른 사람과 같이 얼기설기 쌓아낸 탑의 모습, 마주 보고 있지만 서로 다른 풍경을 담은 두 개의 거울이 있었어요. 또 <중간에서 그리는 그림>이라는 작품엔 빈 캔버스가 덩그러니 놓여 있었고요. 같이 그려야 하는데 그러지 못했겠죠. 문득 사건의 너무 당연한 진실을 이해했고, 이해하고 나니 그냥 통과할 일이라는 결론에 다다랐어요.

사람들은 작품에서 각자 다른 진실을 만나요. 때로는 작가의 의도와 상관없이 보고 싶은 것 보기도 하고요. 어두운 밤이나 비 오는 날, 혹은 전시장의 형태 등 환경에 따라 작품이 다르게 보이기도 해요. 저도 어쩌면 제 상황이나,

비가 쏟아지는 드문 날씨에 두 작가의 작품을 만났기 때문에
유독 감정이입을 했을지 몰라요. 예술 작품은 보는 이의
거울이에요. 최고의 작품을 만장일치로 정하기 어려운 건
그래서가 아닐까요?

두 개의 전시를 보고 나니 왠지 바로 집에 가고 싶지 않았어요.
비가 점점 더 많이 쏟아졌기 때문이기도 했고요. 마침 도착한
한 미술관의 카페에는 아무도 없었고, 북한산 자락이 보이는
창가에 앉아 『사랑에 대답하는 시』라는 책을 읽었어요.
 한 시인은, 사랑의 모양은 매일 새롭게 갱신되고
발명된다고 했어요. 특히나 '연인의 처진 속눈썹 위에
가느다랗게 내려앉은 물방울과 먼지들'이나, '손을 잡으면
생겨나는, 손과 손 사이의 느슨한 공간'처럼 일상의 독특한
균열을 발견할 때 가장 기쁘다고요. 그 부분을 읽으면서
생각했어요. 나는 우리 사이의 균열을 더 많이 발견하고
싶었고, 너는 균열을 되도록 메우고 싶었던 것 같다고, 그게
우리가 중간에서 만나지 못했던 이유라고. 맞아요, 생각하는
그거예요. 한여름의 짧은 연애가 끝났거든요. 누군가를
마음에 들이려고 노력했다가 갑자기 종료 당하는 일은 비록
짧았더라도 아무렇지 않을 리가 없어요.
 놀란 마음을 진정하고 나니 이해하는 과정에서 한 차례
화가 났고, 비로소 이해하고 나니 화조차 가라앉았어요.

그러자 그날 놀라서 던진 날 선 말에 상처받았을 저쪽의 마음이 걱정됐어요. 어차피 상황 종료라면 누구든 오래 아플 필요도 없을 것 같았어요. 그래서 제대로 된 종료를 위해 인사를 보내기로 했어요. 잘 지내라고, 그동안 고마웠다고.

    마음이 가뿐해질 때 즈음 비가 잦아들기 시작했어요. 노래 한 곡이 생각나 집에 가는 내내 들었고요. 에릭 베네의 ‹In the End›, 가사는 별 상관없지만 분위기와 제목이 어쩐지 딱 들어맞았어요. 저는 누군가를 만나고 좋아하는 마음을 가질 때 생각나는 곡이 한두 개쯤 있거든요. 근데 이 사람을 만나는 동안엔 이상하게도 그런 곡이 없었는데, 결국 엔딩곡이 이 관계를 떠올리는 곡이 되다니 우습죠. 마치 이런 결말을 예상했다는 듯이 말예요.

억수같이 쏟아지던 비는 밤에 갑자기 그쳤어요. 언제 다시 내릴지 몰라서 마시던 차를 그대로 둔 채 밤 산책에 나섰어요. 기대하지 않았지만 동시에 예상한 내용의 답장이 왔어요. 우리 만난 시간은 참 좋았다고, 미안하고 고맙다고, 너는 빛나는 사람이라고. 여러 번 다시 읽었어요. 서로 주었던 마음은 진짜였다는 것이 확인되자 며칠 전의 날 선 말들은 별것 아닌 기억이 되었어요. 그래서 생각했죠. 헤어지던 날의 말들 대신 오늘의 말들을 기억해야겠다고.

    산책에서 돌아오니 그가 선물로 줬던 루이보스 티가

차갑게 식어 있었고, 시집과 캔디처럼 사소한 물건들이 방 안 곳곳에서 발견됐어요. 지지난 주 비 오는 날 덕수궁을 같이 걷다가 삐끗한 발목이 그제야 시큰거렸고요. 부담 주고 싶지 않아서 꽤 오랜 시간 그냥 걸었거든요. 사실 그날부터 발목이 아팠는데 그간 모른 척했나 봐요. 그때 깨달았어요. 내게 준 마음이 고마워서 마음의 시차를 맞추려고 내가 해줄 수 있는 것부터 생각했지, 정작 나 자신의 편안한 상태는 미처 챙기지 못했다는 사실을요.

식어버린 차를 단숨에 마셨어요. 여전히 단맛이 남아 있었어요. 선물 받은 차가 아직 꽤 남았는데 아마 끝까지 마실 것 같아요. 시집도 끝까지 읽겠죠. 그리고 그의 방에 있을, 내가 준 책과 지금쯤 시들었을 꽃을 생각했어요. 사진 한 장 제대로 남지 않은 연애라고 생각했는데 사소한 것들이 많이 남았구나, 그것들 사이로 내가 네게 마음을 줬구나, 하고요. 그렇지만 몇 개의 티백을 다 마실 즈음엔 잊게 될 거예요.

여름의 짧은 연애나 이 사람을 오래 기억할진 잘 모르겠어요. 시간이 흐른 뒤에는 우산을 같이 쓰며 몸이 닿던 느낌, 공기를 가득 메우던 습기처럼 형체 없는 감각으로만 남지 않을까요. 여름의 한 자락에 스며들어 눈에 띄지 않겠죠. 하지만 지금 얘기하는 이 하루, 모든 것이 물 흐르듯 하나의 결말로 향한 이 하루는 언젠가 구체적으로 떠올릴 수 있을 만큼 기억에 새겨질 것 같아요. 제게 어떤 해답을 준 오늘의 그림들도요. 짧았지만 발견한 것이 많아요. 다음엔 이번보다 더, 저 자신을 놓치지 않을 거예요. 몇 번의 비가 더 내리고 그치길 반복하면 장마가 끝날 테죠. 정말, 한껏 여름이었어요.

그날 친구에게, "혹시 이 일로 타인을 믿지 못하게 될까"라고 했더니, 저보다 저를 더 잘 아는 그는 그럴 리 없다고 웃었어요. 사실 저도 알아요. 또 사람의 예쁜 점부터 보고 마음을 주겠죠. 괜찮아요. 그래야 가려진 사랑스러운 존재를 발견할 수 있잖아요.

작품도 조금 다른 시선으로, 혹은 부족함을 그대로 놓아둔 채 좋은 점부터 찾았을 때 발견할 수 있는 매력이 있어요. 누구나 완벽할 수는 없잖아요. 작가는 진심으로 정성을 들여 작업하고, 보는 이는 사랑으로 바라보고, 아직은 소통이 어려운 부분이 있더라도, 서로를 사랑스럽고 귀하게 여기는 마음이 오고 가며 대화의 자리가 커지는 거니까요.

그래서 저는 구겨지지 않는 마음, 낭창한 성질을 사랑해요. 그런 것을 가진 사람들은 겉모습이나 행동이 모나 있어도 꽤 귀엽거든요. 작품도 그래요. 그런 작품은 은은해도 오래 빛나요. 고유의 성질을 지키고 있는 것들은 각자의 때가 오면 모습을 드러내곤 해요. 어둔 밤을 밝히는 손전등 빛, 또는 비 오는 날의 전시장 분위기가 작품의 다른 면을 보게 한 것처럼, 우연히, 그러나 운명처럼 누군가에게 발견되기

마련이에요.

 헤어지고 난 뒤, 체할 만큼 많은 전시를 봤어요. 감정이 많을 때라 그런지 하나하나 좋지 않은 것이 없었어요. 마음이 틈이 생기니 새롭게 보이는 것들이 있었고요. 세상에 나쁜 일만은 없네요.

지금은 그런 구겨지지 않는 마음을 그린 낭창한 그림에 관한 글을 쓰고 있는 밤이에요. 마침 사랑의 이야기네요. 지난 봄에 얘기했던 오지은 작가의 전시 «유기농 같은 사랑»이 얼마 남지 않았거든요. 엄마가 유기농 과일을 주는 마음처럼 순수하고 아낌없는 사랑은 이제 없는 건지, 그런 방법으로 사랑해선 안 되는 건지, 이별을 딛고 일어나 묻는 그림들이에요. 며칠 전, "작가님, 제 이별은 이 글을 위한 거에요!"라고 자조적인 농담을 던졌죠.
 밝은 대낮에 작업실에서 봤던 그림과 달리, 깊은 밤에 혼자 다시 보는 그날의 사진 속 그림은 또 다른 풍경이에요. 무언가 장맛비처럼 격정적으로 쏟아지고 있는 것이 보여요. 어둡지만 슬프지 않고요. 머리 위로 쏟아지는 그것은 아마 사랑의 다음 장면일 거에요. 미래는 그것을 믿는 사람에게 와요. 그래서 이 글의 제목을 '쏟아지는 사랑의 미래'라고 붙이기로 했어요.
 아까 얘기한 에릭 베네의 노래에는 이런 가사가 있어요.

여름에서 가을

"But in the end, a little love's gonna bring you back again." 이 문장만 뚝 떼어서 오늘의 편지에 갖다 붙이자면요, 결국에는 마음속에서 피어나는 작은 사랑이, 나를 내가 있어야 할 자리로 돌아오게 할 거라고 믿어요. 흔들리지 않는 큰 사랑도 거기서부터 자라날 테고요.

"사랑을 더 하고 더 괴로워하겠는가, 아니면 사랑을 덜 하고 덜 괴로워하겠는가? 그게 단 하나의 진짜 질문이다, 라고 나는, 결국, 생각한다."라는 문장을 줄리언 반스의 책에서 읽은 적이 있어요. 저는 이 질문엔 역시나, 더 하고 더 괴로워하는 게 낫다는 대답을 하고 싶어요. 그게 단 하나의 '진짜 대답'이라고 생각해요.

계절을 떠나 보내며, 지연

- 한차연 개인전 《Way Home》, 2022.6.22~7.7, 삼세영 갤러리
- 전현선 개인전 《Meet Me in the Middle》, 2022.7.7~8.6, 갤러리2
- 오지은 개인전 《유기농 같은 사랑》, 2022.8.11~9.8, 드로잉룸
- 게리 로스 감독, 〈오션스 8〉, 2018
- 숀 레비 감독, 〈박물관이 살아있다〉, 2006
- 강혜빈 외, 『사랑에 대답하는 시』, 아침달, 2021
- 줄리언 반스, 『연애의 기억』, 다산책방, 2018

가을에서 겨울

이런 나도

추석은 괴롭습니다. 기름에 지글지글 구운 전을 실컷 먹고, 그동안 못했던 이야기도 나누고, 늘어지게 잘 수 있지만, 이날은 괴로운 날이 맞습니다. 이십 대 여자인 저는 가족 모임에 나가면 '이런 남자를 만나야 한다'는 설교를 들어야 해요. 앞자리가 3으로 바뀌면 좋은 남자 만나기 더 어려워진다. 괜찮은 남자들은 (다른 여자들이) 다 데려가고 없다. 지금 연애 많이 해서 남자 보는 눈을 길러야 한다. 한창 좋을 때 왜 사람을 안 만나니. 이런 관심인지 간섭인지 모를 잔소리를 듣는 것도 괴롭지만, 사실 더 스트레스는 옆에 앉은 동생의 눈치를 보게 되는 것이에요.

제 동생은 불꽃 페미니스트거든요. 연극을 전공한 동생은 재학 시절 긴 웨이브 머리를 싹둑 자르고 나타난 적이 있어요.

숏컷을 하고 온 그날 동생은 여자라는 이유만으로 무대 위에서도 끊임없이 대상화되어야 하는 현실이 끔찍하다고 울었어요.

저는 2014년에 여자대학에 입학했고, 제가 대학교 3학년인 2016년에 강남역 살인 사건이 있었어요. 선배, 후배, 동기 너나 할 것 없이 페미니즘 운동에 열심인 때였어요. 저도 동생과 비슷한 고민을 했고, 지금도 하고 있지만, 사회의 변화는 더디다는 걸 알기에 사람들과 부딪히고 상처받는 동생을 보면, 걱정스러움이 앞서곤 해요. 아직 우리가 사는 세상은 이십 대 여자들의 고민을 진지하게 받아들이지 않으니까요.

오늘의 식사 자리만 해도 동생은 불편한 표정을 감추지 않았고, 집에 돌아오는 내내 한마디도 하지 않았어요. 저는 어른들의 말을 듣는 시늉은 하지만 그래도 해야 할 말은 해요. 예를 들어, "젊을 때 뭘 못 하냐" 하면 "이런 이야기는 저희한테만 하셔야 해요? 밖에 나가선 하지 마시고요. 요즘 젊은 사람들이 얼마나 힘든데요." 어른들에게는 못마땅하게 들릴 수도 있을 이런 대답이, 그분들이 살아온 시대와 그 시간 속에서 만들어진 고정된 생각을 쉽게 비난하지 않고 존중하려는 태도라는 걸 알까요. 저는 아예 대화의 창을 닫고 싶진 않거든요. 하지만 집에 오면 곧장 제 방 침대에 드러누워선 한 시간은 미동도 하지 않고 숨만 쉬어요.

불필요한 말을 왼쪽 귀로 듣고 오른쪽 귀로 흘리는 일,
옆자리에 앉은 불꽃씨의 기분이 점점 더 나빠지는 것을 느끼며
우리가 앉은 테이블의 공기가 싸늘해지지 않도록 적당히
분위기를 맞추는 일은 몹시 고된 노동이거든요. 그래서 저는
이날(추석)은 괴로운 날이 맞다고 결론을 내리게 되었습니다.

    그렇게 저는 병이 났습니다(?). 어제부터 시작된 지독한
편두통이 지금까지 사라지지 않아요. 지난주에 비엔날레를
보러 베니스에 다녀왔고, 화요일에 한국에 왔는데 바로 명절이
시작되어서 가족들과 부대끼느라 제대로 쉬지 못한 것이에요.
아, 첫째의 삶이란. 언니도 저도 첫째 딸이지요. 명절이면
더 무겁게 느껴지는 장녀 역할. 언니의 추석은 어땠는지
궁금하네요. 우리 내일 만나니까 커피 마시면서 다 얘기해요.

    멀리 여행을 가면 객관적으로 저를 보게 되는 순간이
있어요. 익숙해서 잘 인지하지 못했던 나의 성향이나 특성이요.
저는 여행지에서 하루 일과를 마치고 숙소에 도착하면 짐부터
정리하고요. 짐을 정리하면서 혹시 잃어버린 물건은 없는지
확인하고, 그날 얼마를 썼는지 계산해요. 그다음 씻고 나와서
내일 동선을 짜거나 가 볼 만한 식당을 검색해요. 그리고
11시가 조금 넘으면 취침약을 먹고 침대에 눕습니다. 6시 반쯤
일어나 성경을 읽거나 일기를 쓰면서 잠을 깨워요. 그리고 7시
반쯤 조식을 먹으러 나갑니다. 이런 저, 로봇 같나요?

    원래도 규칙적인 생활 루틴을 지키려고 노력하지만

여행지에선 특히 더 잘 지키려고 해요. 체력이 약하다 보니 리듬이 깨지면 컨디션이 엉망이 되어서 여행을 즐기지 못하게 되기도 하거든요. 주변 사람들에게 종종 "꼼꼼하다", "차분하다"는 말을 듣곤 하는데, 이건 타고난 성향이 반, 가정환경이 만들어준 태도가 반인 듯해요. 무엇이든 혼자서 해내야 하는 상황이 많았거든요. 저를 챙기면서 동시에 동생도 살펴야 했고요. 모든 첫째가 다 이렇진 않겠지만, 전 그런 첫째였어요.

첫째들은 철이 일찍 든다고 하잖아요. 가끔은 놀러 가서도 실수를 할까 봐 긴장하고, 모든 부분을 직접 확인하고 챙겨야 마음이 놓이는 저를 발견할 때면 좀, 기분이 이상해요. 저 여행 3일 차에 급체해서 무지 아팠거든요. 배를 부여잡고 약국에 가서 소화제를 달라고 했는데 약사가 21유로를 부르는 거예요. 정신없는 와중에 제가 이렇게 말했다니까요. "말도 안 되게 비싸네요. 더 싼 게 있을 것 같은데요." 그랬더니 7유로짜리 약을 건네주더라고요. 뜨거운 물로 샤워하고 약을 먹고, 담요를 덮고 테라스로 나와 선선한 바람을 쐬며 따뜻한 차를 마셨어요. 저는 저를 참 잘 챙겨요. 그리고 주변 사람도 잘 챙겨요. 이 사실이 슬퍼서 무릎에 고개를 묻고 펑펑 울었어요.

전시를 보러 이 먼 곳까지 날아왔는데, 아직 못 본 전시가 훨씬 더 많은데, 체력이 따라 주지 않고 시간은 쏜살같이 지나가고, 피곤에 절은 상태로 종일 걷고 보기를 반복하니 나중에는 내가 무엇을 보고 있는지, 본 게 맞는지도 모르겠고…. 그래서 속상했나 봐요. 수상 도시인 베니스에서는 이동할 때 주로 수상버스를 타는데 말만 버스지, 그냥 '배'여서 멀미도 심하게 했어요.

 베니스를 떠나기 하루 전날 아침 일찍 아니쉬 카푸어 전시를 보기 위해 아카데미아 미술관으로 향했어요. 매달 첫째 주 일요일은 박물관 주간이라 무료입장이더라고요. 미술관 직원과 기분 좋게 인사를 나누고 전시장에 들어선 순간, 1, 2, 3. 다시 눈물이 떨어졌어요. 화이트 큐브를 가득 채운 선지 같은 붉은 덩어리들과 총성과 폭발이 멈춘 전장에 찾아온 잠깐의 고요함 같은 '검은색'이 마치 모든 비극적인 죽음 앞에 바치는 거대한 애도인 듯해서 그만 주저앉고 말았어요. 그냥 울고 싶었는지도 몰라요. 오래전부터. 그런데 책임과 무게에 짓눌려 울지 못하다가 너무나 오고 싶었던 곳에 마침내 도착해서 눈물이 터졌을까요. 넓은 공간과 거대한 작품이 제 아이 같은 울음을 온전히 받아주고 있다는 느낌이 들었어요.

언니, 저는 미술관에서 이런 것을 받아요. 울 수 있고, 역할과 책임을 벗고 가장 연약한 나를 만나고, '이런 나'도 이해받을 수 있는 공간이요. 저는 이런 제가 참 이해가 되어요. 그래서 가끔 쓸쓸할지언정 내내 미워하고 싶진 않아요. 지치면 달래주고 쉬고 다시 천천히 걸어가고 싶어요.

아니쉬 카푸어 전시를 본 그날 한국의 전광영 작가의 한지 작업도 보았어요. 전광영 작가의 인터뷰 영상을 흥미롭게 바라보는 외국인들을 흐뭇하게 쳐다보고요. 자르디니 공원으로 이동해서 본관 전시를 보고 산책하듯이 국가관을 돌았어요. 당연히 전부 다 보지 못했고, 10시간을 걸어서 발바닥이 쪼개질 듯이 아파왔지만, 마음은 여행 첫날보다 훨씬 가벼웠답니다. 시간에 쫓기지 않고 30분짜리 영상 작업도 느긋하게 앉아서 보고요. 다 못 보면 뭐 어때, 하는 마음으로요. 잘 못 자고, 잘 못 먹고, 정신없이 돌아다녀서 정말이지 '꿈의 우유' 속을 거니는 기분이었네요. 갓 태어난 취약한 생명을 먹이는 영양분이 가득 담긴 우유, 빈곤한 상상력을 깊숙이 채워주는 꿈의 우유. 그 속에 풍덩 빠져서 이런 생각을 하기도 했어요. 지금은 스크랩하듯이, 이미지를 보기 바쁘지만, 이 우유에서 나오는 순간 이곳의, 이것의 새로운 의미를 알게 될지도 모른다. 지금은 그냥 우유 속을 헤엄치자.

언니, 제가 21.5유로 주고 이번 비엔날레의 주제인 레오노라 캐링턴의 『꿈의 우유』를 사왔거든요. 기내에서 읽었는데, 기묘하고 우스꽝스럽고 허무하고 끔찍한 이야기 모음집이에요. 캐링턴의 초현실주의 삽화와 어울려 아주 근사해요. 첫 번째 이야기의 제목이 '머리 없는 존'이에요. 내일 만나면 머리 없는 존에 관한 이야기를 들려줄게요.

건희

- 레오노라 캐링턴, 『The Milk of Dreams』, NYU Children's Collection, 2017
- 《제59회 베니스 비엔날레》, 2022.4.20~11.27, 아르세날레 외, 이탈리아 베니스
- 《ANISH KAPOOR》, 2022.4.20~10.9, 아카데미아 미술관, 이탈리아 피렌체

오늘의 춤

그날 머리 없는 존의 얘기를 못 들었어요, 게다가 초콜릿도! 하지만 뭐 어때요, 그날 우린 다른 얘기들로 즐거웠고, 다른 날 다시 만나서 초콜릿도 전해 받았으니까요. 다음에, 다시, 라는 말 참 좋지 않아요?

    요즘은 사람이 다 싫고 또 좋기도 해요. 극단적으로 오가는 마음이에요. 인간에 대해서 애틋하고 귀엽게 여기는 마음은 여전하지만 그건 멀리서 볼 때뿐, 가까이서 보는 사람들은 참 피곤해요. 마당을 열어 두었더니 마음대로 오간 사람들 때문에 지쳐서인지도 몰라요.

    다들 먼저 좋다고 와서는 문을 열어주면 자기 집인 양 드러눕고 무언가 받을 권리가 있는 것처럼 굴죠. 자기가 누운 쪽에서 보이는 제 한쪽 면만 가지고 섣부르게 판단해요.

친절하고 호의적인 사람. 그런 역할을 하지 못하면 마치 제가 잘못한 것 마냥 다그치고요. 사이가 멀었을 땐 괜찮았던 사람들이 자리를 내어주면 급히 다가와 자신의 잣대를 들이밀며 자기가 원하는대로 움직여주길 바라요. 왜 일까요? 여긴 내 마당인데. 그리고 나는 너무나도 다양한 면을 가진 사람인데.

한편 그들이 제게 가시를 세운 건 두려움 때문일지도 모른다는 생각이 들었어요. 자기를 지킬 줄 알게 되면 겁이 덜 날 거라는 얘기를 한 적 있잖아요. 우리는 나를 지킬 수 있을 때 타인을 더 쉽게 믿어볼 수 있고, 너그러움과 여유는 거기서부터 나와요. 나는 당신을 믿고, 이 믿음이 받아들여질 것을 믿으며, 지금이 아니라면 다음번에라도 당신이 응답할 것을 믿는다는 뜻이죠. 반대로 쉽게 날을 세우고 단죄하는 태도는 상대방을 믿지 않고 다음도 기약하지 않겠다는 뜻이에요. 하지만 그건 아마도 어긋나는 믿음에서 받을 상처로부터 스스로를 지킬 수 없기 때문일 거예요. 그러니 놀라서 얼른 셔터를 내려 버리는 거죠.

너무 오랫동안 깊이 이해하고 싶지는 않아요. 저 역시 자신을 지키는 게 먼저라는 것을 알거든요. 먼저 넉넉하게 나눠주고 쉽게 신뢰를 건넬 수는 있지만, 주는 것조차 제대로 받을 줄 모르고 더 요구하거나, 쉽게 방어적인 태도를 보이는 사람들 앞에선 저도 저부터 지키고 싶어요. 내 마음을 함부로

널어 놓아 위험하게 만들고 싶지는 않아요. 사랑이 많다고 해서 언제나 받아주고 기다려야 한다거나, 내가 다쳐도 참아야 할 이유는 되지 않으니까요.

  그래도 관계가 일그러지고 마음이 망가지는 건 속상한 일이에요. 이런 종류의 속상함은 깨끗이 해결되지 않을 때가 더 많잖아요. 저는 그럴 때 예술 작품을 찾아요. 수많은 결 사이의 미묘한 어긋남, 해결하기보단 이해하고 넘어가야만 하는 것들, 삶을 구성하고 있는 게 분명하지만 받아들이기엔 힘든 복잡한 것들이 작품 속에 있어요. 그런 것들 사이에서 저는 해방감을 느껴요. 당신이 느끼는 것과 아마 같을 거예요.

일민미술관에서 열린 오민 작가의 전시 봤어요? 작년에 국립현대미술관 «올해의 작가상 2021»에서 선보였던 ‹헤테로크로니의 헤테로포니›에서도 그랬듯 이번에도 작가는 시간을 얘기해요. 그에 따르면 시간은 덩어리에요. 우리는 시간이 한 방향으로 펼쳐진 하나의 선인 것처럼 여기잖아요. 그러나 그는 시간이 동시다발적 정보가 종횡으로 오가며 이루어지는 불규칙한 덩어리라고 해요.

  오민 작가의 작품들은 그런 덩어리를 펼쳐서 보여줌으로써 우리가 시간이라는 덩어리 속의 다양한 정보를 인지할 수 있게 만들어요. 분명 같은 시간 속에 살고 있었지만 보지 못했던 것, 혹은 감각했지만 이해하지 못한 정보들의 관계들을 눈에 보이게 만드는 거죠. 이렇게 다양한 정보를 인지하며 이해할 때 우리가 감각하는 시간은 좀 더 천천히 흘러요. 처음 접하는 정보에 성인보다 민감한 어린아이들의 시간이 더 느리게 흐르는 것과 비슷할지도 모르겠네요.

조금씩 어긋난 시각과 청각 정보들, 틈에서 발견되는 뉘앙스 같은 것들을 오민 작가의 작품 속에서 발견할 수 있어요. 한 자리에 서서 가만히 바라보면 여러 번 반복되는 사이에서 새로 보이는 것들이 있어요. 영화도 여러 번 보면 새로 보이는 것이 있고, 새로운 정보가 원래 알던 정보와 합쳐지며 다른 진실을 구성하잖아요. 만든 사람과 본 사람은 그럴 때 한 발 더 가까워져요. 물론 그들의 관계 역시 단수가 아니고요. 감독과 영화관의 관객, 배우와 넷플릭스 시청자, 원작자와 번역가와 다른 국가의 관객 등등, 생성하는 관계마다 또 하나의 세계가 얽히고설키며 직조된다고 생각해요. 그 사이에서 부풀어 오르는 진실의 개수 역시 하나는 아니겠죠.

사람도 마찬가지가 아닐까요? 예술 작품이나 영화처럼 여러 번 돌려 보아야 알 수 있는 것들이 있어요. 새로운 정보를 얻어낼 때마다 내 앞의 캐릭터는 조금씩 달라지죠. 또한 실제로도 변화하길 멈추지 않는 것이 인간이고요. 그러나 여전히 동일한 존재이기도 해요. 수없이 많은 레이어가 겹쳐져 드러나는 상이 바로 그 사람의 모습이겠죠. 계속해서 많은 레이어가 발견된다면 혼란스럽겠지만, 그것을 모두 겹쳐서 한 발자국 물러나 바라보면 비로소 아주 뚜렷한 상이 보일 거에요. 가장자리는 울퉁불퉁할지라도 중심을 이루는 공통적인 상이 있을 테니까요. 그때부턴 새로운 레이어를 발견하면 할수록 더 또렷한 사람을 만날 수 있어요. 입체적인 덩어리로서의 존재를 만나는 일이에요.

여름의 연애가 끝났을 때 억울한 점이 있었어요. 단 한 번 싸우고 셔터를 내려버린 그 사람이 판단하는 저는, 저의 전체가 아니라 아주 작은 부분일 뿐이었거든요. 납작한 존재로만 기억되는 건 슬픈 일이에요. 사람은 누구나 입체적이니까요. 하지만 무언가 더 알려주는 건 그만두기로 했어요. 어차피 연인이나 친구 관계는 호의와 신뢰라는 전제가 사라지면 힘을 잃잖아요. 제게 호의와 신뢰를 보이지 않는 사람에게 더 노력해 무엇하겠어요. 사랑은 그런 식으로 구하는 게 아니라는 걸 지난 시간을 통해 배웠어요.

    사람의 면면, 삶의 결은 너무 복잡해요. 내가 잘못한 게 있더라도 나만 잘못한 게 아닐 수 있고, 내가 잘못한 게 없어 보여도 일말의 책임을 가져야할 때도 있고요. 관계란 오고가는 거니까요. 신형철은 책 『정확한 사랑의 실험』에서, '우리는 모두 복잡하게 착하고 복잡하게 나쁜 사람'이라고 했어요. 같은 구절을 예전엔 타인을 용서하고 내 잘못을 발견하는 데에 썼다면, 요즘은 나를 구원하는 데에 써요. 나도 실수하고 잘못할 수 있는 존재고, 완벽하지 않다는 사실에 너무 자책할 필요도 없고, 또 타인이 나를 비난할 때 억울하거나 슬픈 감정을 억누를 이유도 없으니까요.

    쉽게 판단하는 태도에 나를 맡기지 않기로 했어요. 나도 세계도 하나의 덩어리라서 납작한 시선 하나로는 다 알 수 없거든요. 대신 지금 움직이는 나의 팔과 다리, 가슴이 뛰고 눈빛이 맺히는 곳, 혹은 아주 작아도 불편하고 불쾌한 감정까지 모두 들여다보기를 택할래요. 그렇게 작은 정보들을 어느 하나 소홀히 하지 않으며 인지해보고 싶어요. 마치 반짝이는 별을 연결하듯, 그렇게 모은 것들을 이어보면 거기 제 모습이 있겠죠.

있잖아요, 지난번에 같이 클라이밍 하고 나서 근육의 가동 범위 얘기하는 절 보고 엄청 웃었잖아요. 대체 왜 미술 얘기할 때보다 더 눈이 반짝이냐고. 다음번에 또 클라이밍 하면서 견갑골의 가동성에 관해, 혹은 등산하면서 고관절의 움직임과 무릎 관절의 안정화에 관해 더 얘기해 볼래요? 그러면서 눈이 반짝이는 저, 매우 이상하다고 당신은 또 웃겠지만 어쩌겠어요. 지금은 여기서 눈이 반짝여요. 사람은 필요한 걸 구하게 마련이잖아요.

    언젠가는 그렇게 눈이 반짝이게 만드는 사람을 만나고 싶어요. 단수가 아닌, 복잡한 사랑의 레이어를 쌓고 싶어요.

한참을 쌓은 뒤에 물러서 바라보면 선명하고 풍부한 모양의 사랑 말에요. 인간 너무 싫다고 하면서 또 이러는 저, 또 웃긴가요?

사실 작품을 관찰하고 작가와 이야기를 나누며 진지한 글을 쓰는 저도, 일을 마치고 누구도 시키지 않은 일기를 구구절절 쓰는 저도, 가끔 아무 말이나 하는 저도 같은 사람이에요. 또 멋지게 달리기를 하는 것 같지만 맨날 속으론 그만하고 싶다고 울면서 뛰는 저도, 어떤 날은 정말 의젓하게 요가 동작을 해내는 저도, 때로는 어른스런 태도와 적당한 온도로 일을 처리하는 저도, 가끔 하고 싶은 일에 눈을 반짝이며 절절 매는 저도 다 똑같은 지연이죠.

어떤 날 의외의 자신을 발견하게 되면, 왜 이렇게 나답지 않은 행동을 했을까 자책하는 대신 새로운 나를 발견했다고 생각할래요. 원래 있던 걸 발견한 건지, 어떤 방향으로의 나아감인지는 알아봐야 하겠지만요. 그저 매일 다른 답을 구해보고 싶어요. 그렇게 팽창하는 제가, 제 곁에서 적시에 진실을 알려주는 작품들이, 또 이런 작품들을 만드는 작가들과 동시대, 같은 장소에 함께 존재한다는 사실이 좋아요.

아까 얘기한 오민 작가의 전시 제목은 꽤 길어요. «노래해야만 한다면 나는 당신의 혁명에 참여하지 않겠습니다». 이 말은 무정부주의자 에마 골드만의 "춤을 출 수 없다면 나는 당신의 혁명에 참여하지 않겠습니다"라는 말을 변형한 거래요. 대의를 위해 작은 것을 배제하는 태도에 반대한다는 골드만의 말처럼, 전시의 제목은, 작고 하찮은 것이든 하찮지 않은 것이든 대의를 위해 봉사하는 대상으로 삼으려는 태도에 반대한다는 뜻이에요. 이 세계를 구성하는 덩어리 중 어떤 것도 위계질서에 편입시키지 않겠다는 거죠. 무언가의 상위와 하위라는 개념은 우리가 만든 허상일지도, 상상력을 제한하는 태도일지도 몰라요.

비밀 아닌 비밀 하나 말해줄까요? 저는 지금 이걸 공항에 앉아 쓰고 있지만, 사실 초안은 당신의 편지를 받은 날 거의 다 써 뒀어요. 원래 다음 날 아침까지 써야 하는 기획안이 있었거든요. 물론 1~2시간 안에 끝나는 간단한 일이긴 했지만, 저는 새벽 1시에 그걸 미뤄두고 이 편지의 초안을 썼답니다.
    편지를 꼭 그날 써야 하는 건 아니었지만, 편지를 읽은 직후의 감상, 우리가 나눈 대화, 저녁에 달리며 한 생각들이 휘발되기 전에 조금이라도 붙들어 놓고 싶었어요. 저는 혁명을 미뤄두고 춤을 먼저 춰 버린 것일까요? 혹시 제가 같이 글을 쓰자고 한 것이 노래해야만 한다고 다그친 것일까요?
    하지만 무엇이 혁명인지, 무엇이 춤과 노래인지는 두고 보아야 알 수 있지 않겠어요? 심지어 두고 보아도 모를 수 있죠. 그런 것조차 중요하지 않을 수 있고요. 그러니 오늘, 지금, 내가 중요하다고 생각하는 걸 행하는 게 어쩌면 가장 최선의 판단일 거예요.

    퇴고조차 제대로 하지 못하고 저는 이제 비행기를 타러 가요. 잘 다녀올 게요. 우리 다음에, 다시 만나요!

    사랑과 온기를 담아, 지연

- 오민 개인전 《노래해야만 한다면 나는 당신의 혁명에 참여하지 않겠습니다》, 2022.8.2~10.2, 일민미술관
- 신형철, 『정확한 사랑의 실험』, 마음산책, 2014

잠과 꿈

언니에게 어제 꾼 꿈 이야기를 들려줄게요.
　겨울이었고 눈이 내리고 있었어요. 대문 앞 뒷골목에 선 채로 눈을 맞고 있는데 작은 파랑새가 하나둘씩 제 머리, 얼굴, 어깨, 손 위로 내려앉는 거예요. 잠에서 깨고도 이 황홀한 감각을 잊고 싶지 않아서 몸을 움직이지 않았어요. 좋은 일이 생길 꿈일까요?
　지금 세상은 고통으로 가득한데 이미 겨울을 맞이한 꿈속은 아름답기만 하네요. 친구에게 전화해서 꿈 얘기를 하니 최근에 꾼 복숭아 꿈 —한 달 전에는 싱싱한 백도 복숭아를 한 아름 받는 꿈을 꾸었거든요— 이랑 비슷한…. 그런 꿈(태몽) 아니냐며 웃었어요. 남의 태몽을 대신 꾸는 경우도 종종 있다고 하지만, 제 주변에 아기 가질 사람이 없는 걸요.

혹시 내년에 나올 우리의 책이 많은 사람들의 사랑을 받을 징조일까요?

지금도 덕수궁 돌담길에 가면 올봄에 놓친 전시가 떠올라요. 수없이 많은 전시를 놓치고, 그 많은 전시 중 하나의 전시를 선택해요. 작품이 정말 좋으면, 이 특정한 아름다움은 이 전시가 아니었으면 삶에서 영원히 경험하지 못했을 신비일까 생각하고, 그럴 때면 내게 발견되지 못한 아름다움, 내 삶에 들이지 못한, 작품이라는 세계, 그것의 아름다움과 신비, 조악함, 과잉된 자의식, 우스꽝스러움 등을 상상해요. 상상하면서 어제 저녁에는 덕수궁 앞에 잠시 서 있었어요. 기다리는 사람이 있었는데 약속한 적이 없어서 오지 않을 거라는 사실을 알았어요. 그래도 잠시 기다렸어요. 두리번거리면서…. 그냥 그런 행동을 하고 싶었어요.

오늘은 11월 2일. 가을을 입은 서울 거리에는 낙엽이 쌓였어요. 노란 단풍잎이 우수수 비처럼 떨어지는 가을이면 생각나는 영화가 있어요. 젊은 시절 박해일과 강혜정이 나오는 영화 〈연애의 목적〉이에요. 전 이 영화의 오프닝 장면을 좋아해요. 벤치에 나란히 앉아있던 두 사람이 낙엽이 지고 모래바람이 부는 운동장 속으로 걸어 들어가는 장면이죠.

극중에서 홍은 불면증을 앓거든요. 과거 사랑했던 남자에게 배신을 당하고부터 잠을 못 자요. 그런데 신기하게

"나랑 한 번만 해요" 하고 뻔뻔하게 들이대는 유림만 보면, 그의 옆에만 있으면 잠이 와요. 어느 밤 홍은 유림에게 이렇게 묻기도 해요. "너 향수 써?" "나 향수 안 쓰는데." 유림이 대답하자 "너한테 좋은 냄새 나. 이 냄새만 맡으면 잠이 와…." 라고 홍이 말해요.

저도 잠을 잘 못 자요. 불면증은 아주 어릴 때 시작되었는데, 고민이 생기면 심해지고요. 몸이 피곤한 날엔 다섯 시간 정도 깨지 않고 곯아떨어지기도 해요. 2년 전부터 약을 먹으면서 최소한 수면의 질이 보장되었답니다. 그래서 홍의 마음을 이해해요. 불을 켤 수도 끌 수도, 텔레비전을 켤 수도 끌 수도 없고, 그렇게 잠이 오지 않는 밤에는 잠든 사람의 등을 보는 것이 가장 괴로운 일이에요. 상대가 깰까 봐 뒤척이지도 못하고 겨우 숨만 쉬다가 끝내 견디지 못하고 방 밖으로 탈출해요. 먼저 잠든 그가 잘못한 게 없다는 걸 알면서도 야속해요. 부럽기도 하고요.

그런데 언니 저는 가끔 어떤 작품 앞에서 자고 싶다는 강한 욕구를 느껴요. 이 그림, 조각, 설치, 영상 앞에 누워 잠들고 싶다. 마음을 붙잡고 놓아주지 않는 작품들이 있어요. 마음을 강하게 붙들어서 그 앞을 떠날 수 없게 만드는. 한참 서 있으면 발바닥과 허리가 아파오고 주저 앉고 싶어져요. 앉으면 눕고 싶어질 것이고, 모로 누워 작품에 눈을 떼지 않은 채로, 언제

잠든 지도 모르는 채로 잠 속에 빠지고 싶다, 그런 생각을 합니다.

음, 한 시간만 투명인간이 될 수 있다면 저는 지난 달 보안여관에서 본 이제 작가의 그림 앞에 눕겠어요. 옆으로 누워 그림을 보다가 눈이 가물가물해지는 것을 느끼며 이내 잠드는 것이에요. 사람들이 오가고 떠드는 소리가 잦아들면 꿈에서 그리운 얼굴을 만날 수 있지 않을까요. 꼭 하고 싶었던 말을 전하고, 듣고 싶었던 말을 들을 수도 있지 않을까. 그러면 소화되지 않은 채로 가슴에 얹혀 있던 기억이 함박눈처럼 사르르 녹아 내려 사라질 수도 있지 않을까.

이제 작가는 몇 년 전 미술책을 파는 독립서점에서 발견한 책 『Stranger Than Paradise』로 알게 되었어요. 나른한 눈을 하고 노트북 앞에 누운 여인의 이미지가 무언가 말하고 있는 듯했고 그 이야기가 궁금해서 강렬하게 남았어요. 그 후 구글로 작가의 작업을 찾아보곤 했거든요. 그중 제가 좋아하는 그림은 <너의 노래_지혜>라는 그림이에요. 화면 중앙에 스니커즈를 신고 하늘색 후드를 입은 여자가 양 가슴이 다 보이도록 웃옷을 들어 올리고 있어요. 여자의 얼굴에는 수치심도, 분노도, 슬픔도 없어요. 눈을 뜨고 입을 다문 얼굴에는 감정이 담겨 있지 않아요. 지금 여기 존재하는 여자의 몸이에요. 이 그림이 왜 이렇게 위로가 될까요.

언제나 전 '나'로 존재하고 싶었어요. 하지만 캐롤라인 냅이 말했듯이 여자들은 일찍이 남들이 내게 원하는 것을 원하는 방법을 배워요. 배경 속으로 녹아들기. 잘 살펴보기. 남들이 기대하는지 판단하고 그에 따라 반응하기. 그렇게 내 마음도, 나 자신이 누구인지, 무엇을 느끼고 원하고 무엇에 이끌려 움직이는지를 알지 못해요. 언니가 오민 작가의 작업을 빌어 말했듯이 우리는 수많은 레이어가 층층이 겹쳐져 비로소 드러나는 상(像)과 같은, 입체적인 존재이지만, 현실에선 단순하게 대상화된 이미지로 고정되어요.

　　최근 미술 작품 제작 과정에서 발생하는 환경 오염을 줄이는 방법론을 연구하는 세미나에 참석했어요. 강연자께서 "(미술) 작업이든 향유이든 주체적으로 하는 게 중요하다"고 말했는데 주체적으로 하는 것이 가능은 할까요. 주입된 욕망과 금기와 관습을 떨쳐 내고요.

　　얘기가 잠시 샜지만, 그래서 전 이제 작가가 그린 소녀 앞에서 잠들고 싶었나 봐요. 그 소녀는 사회적으로 '만들어진' 소녀가 아니라 진짜 살아있는 소녀였거든요. 이제 작가의 드로잉은 장인의 솜씨 같아요. 제가 미술 전공자는 아니지만 드로잉 참 잘한다고 느껴지는 작업들이 있어요. 자기만의 알파벳, 자음과 모음을 가지고 있어서 원하는 어떤 메시지이든, 시간을 쏟고 마음을 부으면, 그것을 하나의 형상으로 사람들에게 전할 수 있구나 생각했네요. 저도 꾸준히 쓸래요. 사소하고 시시하고 무용해 보이는 말일지라도 쓰고 또 쓰다 보면 언젠가는 저의 언어를 가지게 될 수도 있지 않을까요? 언니처럼요.

오늘은 11월 2일이지요. 11월의 첫날, 어제 언니에게 카레 사진을 보냈어요. 따끈한 야채 수프 카레를 먹으니 시름도 걱정도 사라지고 마냥 행복해져서, 언니도 따뜻한 저녁을 보냈으면 하는 마음에 메시지를 보냈죠. 우리가 11월을 맞이했네요. 9월, 10월을 지나서요. 그 사이 저는 베니스에 다녀오고 언닌 어머니와 함께 크로아티아에 다녀오고요. 당연하지 않은 오늘을 온몸으로 느끼며 잠시 눈을 감아요. 너무 많은 사람들이 이유 없이 죽어요. 지금도…. 어제 서촌으로 가는 길에 코스모스가 만발한 뜰에서 생각했어요. 아직 닥치지 않은 악몽과 불면의 밤을 두려워하지 말고 오늘을 살아야지.
    저와 언니, 우리의 안녕을 기도해요.

건희

- 이제, 고등어, 이해민선 《워키토키쉐이킹》, 2022.9.27~10.23, 아트스페이스 보안
- 한재림 감독, 〈연애의 목적〉, 2005
- 캐롤라인 냅, 『욕구들』, 북하우스, 2021

당신의 확신이 되고 싶어요

　지난번 비 오는 날 페이지룸8에서의 우연한 커피 타임 참 좋았죠. 저는 평소에도 전시를 보러 갔다가 그곳에 잘 눌러앉아요. 전시 기획이나 디스플레이가 구석구석 재밌고 분위기가 편안하기도 하고요. 미술관이나 큰 갤러리 같은 공간이 할 수 있는 일도 있지만, 이렇게 색깔 있는 작은 전시 공간이 할 수 있는 일이 있다고 생각해요.
　근데 사실 여길 좋아하는 건 공간과 전시 때문이기도 하지만, 늘 따뜻하게 맞이해주시는 이곳의 디렉터 탁정원 선생님 때문이기도 해요. 슬쩍 들러서 얘기 나누는 시간이 좋거든요. 기획하는 전시, 만드는 책과 결이 닮은 분이에요. 자기 이름을 걸고 무언가를 만드는 사람과의 대화는 언제든 즐겁지만, 그와 더불어 일하면서 언니들을 만나는 순간이 참 좋아요. 꼭 무언가 먼저 해보고 알려주길 바라는 건 아니에요. 그저 자기 일을 하며 자리 잡은 여성들을 보면, 어쩐지 나의 내일도 괜찮을 것 같다는 생각이 들거든요. 여기 미술계는 그런 멋있는 언니들이 많은 곳이기도 하고요.

올가을은 유난히 길었죠? 눈부신 가을 날씨 속에서 저는 조용하고 단순한 삶 외에는 갖고 싶은 것도 없는 날들을 보냈어요. 그저 실수하지 않고 계절이 지나가기를 바랐죠. 실수가 있기라도 하면 수습할 시간이 너무 부족했거든요.

게다가 공들여 무언가를 해낸 뒤에는 타인과 기쁨을 나누어야 하는데, 마지막 순간에 늘 혼자였어요. 늦은 밤 원고를 끝내고 나면 뿌듯하고 기쁜 마음과 함께 지난 시간을 돌이켜보며 울고 싶은 마음이 같이 몰려왔어요. 둘 다 진짜인데, 후자가 좀 더 안쪽의 마음에 가까웠고요. 제 감정은 양파껍질 같아서 스스로도 다 알기 어려울 때가 많아요. 그런 밤에는 바다 같고 산 같은 사람 곁에서 울고 싶어요. 하지만 그런 사람은 실제로 존재하지 않으므로 진짜 바다 곁에 가고 싶은 날들이었네요.

그래서 지난번에 수프 카레 사진을 보내면서 덧붙인 따뜻한 밥 먹으라는 말이 큰 위로가 되었어요. 따뜻한 밥보다는 따뜻한 말이 필요했나 봐요.

가을을 통과하며, 초가을에 페이스 갤러리에서 본 아드리안 게니의 전시를 떠올렸어요. 이번 서울 전시에서 게니는 목탄 드로잉 작품들만 선보였는데, 드로잉이지만 그의 페인팅에서 보이는 특징들이 고스란히 드러나 있어 재밌었어요. 이렇게 드로잉 작품을 대거 선보이는 건 처음이라고 하더라고요. 게니는 선으로 슥슥 그려내는 드로잉이 어려웠대요. 실수할까 봐요. 근데 목탄은 종이에 밀착되지 않는 재료라 문지르면 지워졌고, 특별히 잘 지워지는 종이까지 발견해서 목탄 드로잉을 시도해봤다고 해요.

그러다가 실수해도 괜찮다는 사실을 알게 되었고요. 전시장에 있는 작품들을 보면 검은 선 아래에 문지른 흔적과 거뭇거뭇한 자국이 여럿 보이는데요. 그게 오히려 선들 사이에서 더 풍성한 부피감을 만들며 이 작품의 특별한 재미를 만들어요. 게니도 그걸 발견했던 거죠. 작가의 인터뷰 영상을 보고 나니 전시장 안의 작품들이 더 자유로워 보였어요.

같은 무늬만 반복되면 재미없는 거 알죠? 그래서 잘 만든 텍스타일 디자인은 정연한 규칙 속 불규칙을 담고, 그 불규칙까지 포괄하는 규칙적 아름다움을 갖고 있어요. 그 전체의 아름다움은 손바닥만 한 천 조각 말고 몇 마의 커다란 천을 봐야 알 수 있어요. 삶도 마찬가지예요. 오랫동안 연마해서 만들어낸 자신만의 결 안에 실수나 도전 같은 불규칙을 포용하는 태도, 규칙과 불규칙이 자연스레 어우러지는 파동을 만드는 삶은 얼마나 아름다운지.

삶에 그런 무늬를 만들며 사는 언니들을 알아요. 얼마 전엔 그런 언니 중 한 명을 만났어요. 점심을 먹고 언니의 사무실로 가서 차를 마시는 내내 살뜰한 보살핌과 눈에 띄지 않는 배려를 느꼈고요. 학교를 졸업하곤 그리 자주 만나지 못했지만 저는 그를 만나면 늘 안심이 돼요. 언니가 제게 건네는 긍정의 단어들 때문이 아니라, 올곧고 다정하게 자기 자리를 넓히며 살아가는 그의 모습에서 저 역시 제가 믿는 방향으로 살아가도 괜찮을 거라는 믿음을 얻어요.

늘 그렇듯 이런저런 얘기 중에는 사랑이 빠지지 않죠. 얼마 전 남편과 사랑의 영역에 관해 논쟁했다는 언니는, 사랑은 상대방에게 독점적, 배타적 권리를 주겠다는 뜻이라고 했어요. 우리는 그런 사랑이 의지의 영역이라는 데에 둘 다 동의했죠. 아무리 좋아해도 상대는 늘 내가 원하는 대로만 움직여주지 않아요. 그걸 견디면서 누군가의 곁에 있기로 결심하고 사랑을 지속하는 것은 의지가 필요한 일이죠. 저는 그래서 사랑하면 더 외로워진다고 생각해요.

사랑에 관한 이야기는 자연스레 예술로 옮겨 갔어요. 우리는 좋아하는 일을 지키며 해나가는 예술가들의 이야기를 꺼냈어요. 얘기를 나누면서 저는 자기 작업을 지키는 작가들의 복숭아처럼 말간 얼굴과 흔들리지만 빛나는 눈빛, 그럼에도 힘차게 작업하는 손을 생각했어요. 좋아하는 일을 지키는 것 역시 사랑의 지속처럼 외로운 일이에요. 결심과 의지

없이는 불가능한 일인데, 결심은 결국 책임이고, 책임을
진다는 건 스스로 지게 될 리스크를 안다는 거에요. 리스크를
감수하면서도 앞으로 나아가는 것은 고독한 싸움이니 외로울
수밖에요. 그래서 저는 그렇게 용감하게 일하는 사람들 곁에
있는 게 좋으면서도, 작가들이 갖는 외로운 마음이 비칠 때면
그 가장자리를 쓰다듬어 주고 싶어요.

　　　근처에 올 일이 있으면 언제든 주차하고 가도 된다며
주차 방법을 알려주는 언니에게 인사한 뒤 다음 일정으로
떠났고, 역삼에서 삼성까지 운전해가는 짧은 시간 동안 문득
'언니를 만나면 삶에 확신이 들어요.'라는 문장이 떠올랐어요.
마침 노란 은행잎 하나가 앞유리 위로 떨어졌고 저는 왜
인지 펑펑 울어버리고 말았어요. 그런 확신이 너무도 그리운
최근이었기 때문이겠죠. 눈물을 그치고 생각했어요. 이런 내가
누군가에게 언니이듯이 사실 언니도 나와 비슷한 알맹이를
가지고 있지 않을까, 외롭고 고단한 날 있을 때 내가 위로와
의지가 될 수 있을까, 언니가 내게 그렇듯 언니에게도 좋은
언니가 있다면 좋을 텐데.

다음날은 합정역 인근의 전시공간에 김은주 작가의 개인전
《사랑의 모양》을 보러 갔어요. 사방에 고운 결이 퍼지고
은은한 빛이 부서지고 있었어요. 〈파도〉라는 이름의 작품은
어떻게 보면 석양 아래 금빛으로 빛나는 파도지만, 예쁜

조개껍데기 같기도, 피어나는 꽃잎 같기도, 다정하게 부는 바람의 모양 같기도 했어요. 전시장에서 우연히 만난 작가님이 그랬어요. 사랑을 가지고 무언가를 오래 바라보면 계속 다른 모양이 보인다고. 그걸 그려보고 싶었다고.

그러니까 물결과 빛의 결을 따라 은은하게 퍼져가는 것들은 모두 사랑의 눈으로 발견한 모양이었어요. 그 고운 결을 따라 사랑이라는 것의 등을 가만히 어루만져 보았지요. 저는 김은주 작가를 오래, 깊이 알지 못했지만 적어도 이 작가의 마음속에 사랑의 힘이 단단하다는 것을 느꼈어요. 몇 년 전 첫 개인전에서 만난 반짝이는 마음을 다시 확인했고요. 이렇게 아름다운 것을 만들어 놓고도 그는 이다음을 걱정하고 있었지만, 저는 걱정되지 않았어요. 이 사람은 꼭 좋은 작가가 될 거라는 예감이 들었거든요.

이런 말은 그냥 하는 게 아니에요. 어떤 존재를 사랑의 마음을 갖고 예쁜 눈으로 자세히 들여다보면 그 존재에 대한 확신이 생겨요. 몇 년간 여러 전시장에서 한 작가의 작품들을 자주 만나다 보면 그런 단단한 예감이 불쑥 솟아오르거든요. 전 제가 오랫동안 지켜본 것들을 믿어요.

얼마 전에 그랬죠, 책을 같이 써보자고 한 건 당신이 프로 작가처럼 잘 쓰기 때문이 아니라고. 자신이 서 있는 경계, 흐릿한 마음조차 솔직하게 말하는 것, 적절하게 표현할 수 있는 것은 흔치 않은 재능이라고요. 저는 그게 용기 있고 우아한 태도라고 생각하거든요. 지난 겨울 아주 추웠던 어느 날, 좋은 글을 쓰기 위해서 삶을 살아야 한다는 말을 건넸을 때 당신의 눈이 붉어졌던 걸 기억해요. 언제가 되었든 이 사람은 꼭 좋은 글을 쓸 거라고 생각했죠.

 좋은 글이든 작품이든 기교에서 나오는 게 아니라는 건 확실히 말할 수 있어요. 겉으로 드러나서 누구나 쉽게 확인할 수 있는 성과나 타이틀보다, 오래 지켜보아 온 누군가의 용기에서 더 나은 미래를 보곤 해요. 제가 믿는다고 말하는 건 그런 거예요. 지난 겨울 당신이 제 눈에서 본 의지는 아마 거기서 비롯되지 않았을까요.

이토록 의지가 결연해 보이지만, 사실 제 일에선 자주 흔들려요. 최근엔 나희덕 시인의 〈가능주의자〉의 한 구절을 자주 떠올렸어요. "아직 무언가 가능하다고 말하는 사람이 되는 것은/어떤 어둠에 기대어 가능한 일일까요/어떤 어둠의 빛에 눈 멀어야 가능한 일일까요".

 혹시 지난번에 군산 부둣가를 걸으며 했던, 이젠 대단한 사랑을 기대하지 않는다는 말 기억해요? 근데 그거 거짓말이에요. 아니, 진심이면서 거짓말이에요. 서른여덟의 저는 무작정 무엇이 가능하다고 믿거나 요행만을 바라기엔 아는 것이 너무 많고, 삶에서 필연적으로 만나야 하는 실망을 조금이라도 줄이려면 너무 기대하지 않는 것이 낫다는 태도를 가지고 있어요. 그게 나쁘다고 생각지 않아요. 체념과는 분명 다른, 내 마음과 삶의 평온, 일의 지속을 지키기 위한 태도거든요. 그걸 만들기 위해 삼십 대 내내 애썼기 때문에 쉽게 내버리고 싶지 않아요.

하지만 솔직해지자면 사랑을 하고 싶어요. 연애 말고 진짜 사랑이요. 오는 사랑을 받는 것도 좋지만 이왕이면 달려가고 싶어요. 이미 깊고 긴 사랑을 해봐서 더 이상 큰 기대는 하지 않는다고 했지만, 오히려 달려본 적이 있기 때문에 그 감각이 마음에 새겨져 있거든요.

요즘엔 그렇게 진심이면서도 거짓말인 것들이 많아요. 무엇이 맞는지 잘 모르겠어요. 얼마 전 프랑스 작가 모나 숄레의 강연에 갔는데요, 앞서 사는 여성으로서의 삶이 어떤지, 어디로 가야 하는지 묻고 싶었지만, 답이 있는 질문이 아니란 것을 알고 있었기 때문에 속으로 삼켰어요. 아마 다른 언니들도 답해줄 수 없겠죠.

밀도 높은 안갯속에 갇힌 것처럼 눈앞이 뿌옇고 어느 것도 확신하지 못할 땐 달리기를 해요. 모나 숄레를 만나고 돌아온 날에도 그랬죠. 지면을 밀어내는 발, 은행잎이 짓이겨지며 나는 냄새, 자칫하면 입을 통해 목구멍으로 바로 들이닥치는 차가운 공기, 눈앞에서 흩어지는 하얀 입김은 모두 찰나의 순간이지만 거기엔 확실히 저 자신이 있어요. 그렇게 숨차도록 달리다 보면 비로소 실낱같은 안정이 찾아와요.

한 달 모자란 서른아홉. 언니들이 들으면 별거 아닌 귀여운 나이라고 웃을 테지만, 한편으론 언제 삼십 대를 거의 다 살아낸 걸까 싶기도 해요. 아직도 애송이 같은데, 누군가에겐 멋진 언니라니 거짓말 같아요. 저는 아직도 확신을 갖기 위해 이렇게 고군분투하는 나날을 보내고 있어요. 하지만 이런 저라도 괜찮다면, 누군가에게 확신을 주는 사람이고 싶어요. 한 사람이 다른 사람에게 바다나 산이 되어 주는 일은 쉽지 않지만, 또 그러기에 저는 아직 미약하지만, 그래도 좋아하는 일을 지키듯 좋아하는 사람들을 지키고 싶네요. 이게 스물여덟의 저와는 다른 마음이에요.

이전과는 다른 사랑의 언어를 자꾸 배우는 계절이에요. 아마 이런 마음이라면 더 나은 사랑을 할 수 있지 않을까요? 그래요, 역시나 사랑을 기대하지 않는다는 말은 진심보단 거짓말에 가까워요.

겨울의 입구에서, 지연

- 《아드리안 게니》, 2022.9.2~10.22, 페이스 갤러리 서울
- 김은주 개인전 《사랑의 모양》, 2022.10.14~11.10, 전시공간
- 나희덕, 『가능주의자』, 문학동네, 2021

겨울에서, 다시 봄

지연 언니에게

편지는, 어떤 주제를 생각하고 쓰는 글이 아니라는 것을 다시 알게 되었어요. 받는 사람에게 말을 건네는 것이구나. 글을 써서 보여준다는 부담감에 편지의 정의를 자꾸만 놓쳐요. 그렇게 해가 바뀌고서야 펜을 들어요. 12월 31일에서 다시 1월 1일로, 주말을 보내고 나니 정말 새해로 넘어왔다는 실감이 나요. 저는 평소와 다르지 않은 조용한 주말을 보냈어요. 늘 그랬듯이 제야의 종소리를 듣지 않고, 일출도 보지 않고요. 언니의 새해 첫날은 어땠어요? 마감 때문에 바빴으려나요. 조금 늦은 새해 인사를 전해요. 언니의 숨결이, 손길이 닿는 곳마다 생생하게 살아나기를. 작품도, 사람의 마음도 환히 밝혀 줄 언니의 글을 기다려요.

저는 주말에는 문화역서울284에서 하는 «프리츠 한센 150주년 기념전»에 다녀왔어요. 조금 과장해서 아름답다는 말만 삼십 번은 한 것 같은데요. 군더더기 없이 매끈한 곡선의 아름다움과 기능성을 모두 갖춘 프리츠 한센의 의자들. 다 갖고 싶었어요. 조개 모양으로 생긴 조명도, 꽃보다 존재감을 발하는 독특한 화병도, 여러 디자이너들과 협업해 만든 가구들도. 마구 사진을 찍고, 눈에 담고, 감탄사를 연발하면서 공간을 돌아다니다가요, 제가 정말 갖고 싶은 게 무엇일까 생각해보았어요. 이 의자 하나일까?

제가 원하는 것은 이 의자가 아니라 이 의자가 표상하는 '삶'이에요. 창문에서 내다본 풍경은 복잡하게 상가가 늘어선 거리가 아니어야 하고, 거실에는 텔레비전 대신 한 벽면을 꽉 채운 책장이, 거기엔 빈틈없이 책이 꽂혀 있어야 하고, 바닥에는 카펫이 깔려 있고, 커다란 스피커 두 대에서 좋아하는 곡이 흘러나오는 순간 식탁 앞에 앉은 제 발을 고양이 털이 간지럽히고, 암체어에는 사랑하는 사람이 앉아 졸고 있는, 그런 풍경. "삶은 대개 이렇지 않다"는 알랭 드 보통의 문장에서 '대개 이렇지 않은' 풍경을 담당하는, 영화적인 이미지요.

당장 의자 살 돈도 없고 꿈꾸는 삶과 많이 동떨어진 일상을 살고 있지만 프리츠 한센의 전시는 참 좋았어요. 제가 꿈꾸는 이상적인 삶을 구체적인 형태로 다시 확인하는

시간이었거든요. 내가 지금 이것을 가질 수 없다는 사실보다도
마음에 일종의 빛, 희망이라고 이름 붙일 수 있는 어떤 것을
품고 있다는 사실이 중요한 거 아닐까요? 프리츠 한센의
디자이너들은 사람들이 꿈꾸는 삶의 모양을 디자인하는
것이 자신들의 일이라고 말했어요. 장인정신에 대해서도
이야기했는데, 그 말이 와 닿아서 언니에게도 나누고 싶어요.

"탁월한 장인정신이란 제품을 소유하게 될 사람을
상상하고, 그 사람들이 나를 사랑한다고 상상하는
거예요. 그들이 나를 위해 정말 아름다운 일을
해주었으니까요. 이것이 바로 장인정신입니다.
장인정신은 다른 사람을 위해 아름다운 것을
창조하는 것이에요. 무언가에 마음을 담는 거죠.
진심을 다해. 여러분이 아는 누군가를 제대로 신경
쓰고 보살피는 것이죠."

'제품'을 '글'로 바꿔보아요. "글을 소유하게 될 사람
(작품)을 상상하고 그 사람(작품)들이 나를 사랑한다고
상상하는 거예요. 그들이 나를 위해 정말 아름다운 일을
해주었으니까요." 사람의 손이 만든 모든 아름다운
것들은 이렇게 연결되나 봐요. 그렇지만 아무리 아름다운

디자인을 자랑하는 프리츠 한센의 의자도 예술은 아니에요.
예술적이라고 할 순 있지만 그것은 어디까지나 상품이니까요.
정말 그럴까요? 상품과 작품의 경계가 모호해서요. 하지만
적어도 저에게는, 달라요. 예술은 아름답기만 하지 않으니까요.

  어렵지 않고 아름답기만 한 것을 보고 싶다면 백화점
명품관으로 가면 된다던 어느 큐레이터의 말이 떠올라요.
"비엔날레가 너무 어려워요. 즐길 수 있는 방법이 없을까요?"
라는 제 질문에 그렇게 답했어요. 물론 2년에 한 번 열리고,
역사적 주제, 동시대의 다양한 문제의식을 다루다 보니
무거워질 수밖에 없는 성격이 있죠, 라고 덧붙이긴 했지만요.
본인도 비엔날레를 며칠에 걸쳐 감상한다고 했어요. 그때
들었던 생각은, '나는 왜 즐기려고만 했을까. 예술의 역할에
유희와 쾌락만 있는 것은 아닌데. 여가와 취미로만 접근하니
그렇구나.'.

우아함이란 무엇일까요. 프리츠 한센의 가구는 참 우아해요.
그 가구들이 연상하는 삶의 풍경도 우아하고요. 그런데 좀 더
본질적으로 들어가면, 우아함이라는 것은 대상을 바라보는
시선과 관련되어 있는 듯해요. 저에게 우아함은요. 자가용
뒷좌석에 앉아 편안하게 출퇴근하는 모습이 아니라 콩나물
시루같이 빽빽한 출근길 지하철에서 휠체어 타고 시위하는
사람들을 보고도 눈살을 찌푸리지 않는 사람들의 모습이에요.

그런 상황에서 지각한 사원에게 눈치를 주지 않는 회사의
분위기이고요. 처음 전시장에 들어갔을 땐 '돈만 있으면
소유할 수 있는 게 아름다움인가' 했는데 그건 아닌 것 같아요.
아름다움은 보이지 않는 아름다운 것을 사랑하는 마음.
사랑함으로 더 생생하게 살아 있고자 하는 욕망. 무언가에
마음을 담는 행위. 진심을 다해, 신경 쓰고 보살피는 것.

    2년 전에 제가 오종 작가의 작업을 사진 찍어서 SNS에
올렸지요. 그때 언니가 저에게 "이걸 찍어내다니"라고 했어요.
아직도 기억나요. P21에서 열린 《서러운 빛》이라는 전시였고,
오종의 작업은 얇은 하얀 실을 매달아 놓은 것이었어요.
전시공간을 가로지르는 듯 끌어안는 듯, 보일 듯 보이지 않는
실이 전시공간을 캔버스 삼아 그린, 얇고 희미한 드로잉
같았어요. 그 선 속에 서서 묘한 안정감을 느꼈던 기억이
나요. 안정감을 주는 건 부서지지 않을 단단한 집이 아니라,
새벽녘에 혹 잠이 깰까 조심조심 안아보는 연인이에요. 언제
사라질지 모르는.

보고 싶은 언니, 우리가 함께 익산에 다녀온 지도 3주 가까이
지났네요. 녹지 않은 눈을 밟으며 추위에 이를 덜덜 떨면서도
참 행복했는데 그때! 저는 얼큰하게 취해서 비틀거리면서도
넘어지지 않았고 언니는 익산 사람도 아니면서 제일 앞장서서
걸었지요. 발끝에 닿던 차가운 눈의 감촉, 점점 뭉뚝하게

시려 오던 엄지발가락, 눈이 으깨지면서 나던 뽀드득 소리.
벌써 그리운 풍경이에요. 꽃이 피는 봄이 오면 언니와 다시
익산에 가고 싶어요. 주량보다 넘치게 마시고 머리가 깨질
듯이 아프다는 저에게 뜨거운 차를 타주고, 반신욕을 하는
게 좋겠다고 했던 언니. 다 귀찮다고 혼자 누워있는 게 가장
행복하다는 언니이지만 저는 알아요. 언니가 사람을 대하는
방식이, 더 정확하게는 사랑하는 방식이 얼마나 우아한지요.
보일 듯 보이지 않게, 티 안 나게 그 사람이 필요한 것을
챙겨주는 언니의 사랑 방식은 고상하게 아름다워요.

　　　마지막 편지라고 생각하니까 끝맺기가 싫어져요. 아직
하고 싶은 말이 많은데. 언니, 저에게 편지를 보내 달라고
해주어서 고마웠어요. 편지는 언니에게 말 걸기인 동시에
제 마음을 두드려 저에게 말을 거는 행위였어요. 나는 나니까,
내 마음을 다 안다고 생각했는데 아니더라고요. 물어보지
않아서 몰랐던 마음들이 많았어요. 그걸 알고 나니까 계속
써야겠구나 싶었어요. 계속 쓰고 싶다. 이건 살아 있지만
더 온전하게 살아있고 싶은, 정확히 설명하기 어려운
마음이에요.

　　　저 내일부터 출근해요. 그리고 이번 주부터 발레
수업 가요. 엊그제 영화 <그는 당신에게 반하지 않았다>를
다시 봤거든요. 내일을 결정하는 건 운명이 아니라 우리의
선택이에요. 누구와 함께할지, 어떤 일을 할지. 올해 열심히

점을 이어볼게요. 내년 이맘때쯤에 어떤 그림이 나올지
궁금해요.

　　　사랑과 새해 축복을 가득 담아 고니가

- 《프리츠 한센 150주년 기념전》, 2022.11.12~12.11, 문화역서울284
- 권현빈, 오종, 한진 《서러운 빛》, 2020.7.7~8.15, P21

우리는 그저 작은 점이지만

가끔 잠이 올 정도로 지루한 영화를 보곤 해요. 혹시 ‹뮤지엄 아워스›란 영화 알아요? 빈의 미술사박물관 안내원으로 일하는 요한이 주인공인데, 그가 하루종일 박물관에서 바라보는 작품들에 관한 설명, 관객들의 모습으로 채워지는 영화의 초반부는 정말 어마어마하게 졸려요. 추운 날 영화관에서 봤는데, 솔직히 앞부분에 조금 졸았어요. 대학 시절 미술사 시간으로 돌아가 어두운 강의실에서 브뤼겔의 슬라이드 필름을 보는 꿈을 꾼 것도 같아요.

한창 졸음과 싸우고 있을 즈음, 요한이 박물관 밖으로 나섰어요. 사촌을 만나러 빈에 온 앤을 우연히 만났고요. 처음 만났지만 어쩌다 보니 앤의 중요한 순간을 함께 나누게 돼요. 그리고 영화가 끝날 때 즈음 카메라가 바라보는 것은 박물관 안의 작품들이 아니라 빈의 거리예요. 우리가 알고 있는 화려한 빈의 이미지가 아니라 아무것도 아닌 쓸쓸한 도시 풍경, 길바닥을 구르는 종잇조각 같은 것들. 그리고 박물관에서 브뤼겔의 작품을 설명했던 그 목소리가 다시 들리죠. 마치 오디오 가이드를 들으며 작품을 감상하는 것처럼요. 스산한 회색빛의 빈이 참 아름다웠어요.

지난번에 조금 여유가 있는 날 국립현대미술관 서울관에 들렀어요. 바쁠 땐 전시장으로 직진해 작품만 둘러보고 나오지만 여유가 있는 날엔 그 공간에 있는 사람들에게 시선을 돌려보곤 해요. 대부분의 관객들은 그저 즐거워 보였고, 좋아하는 사람들과 함께 시간을 나누기 위해 온 걸로 보였어요. 그들에게 미술관은 아마 휴식공간 같은 거겠죠. 한편 시선을 돌려 일하는 사람들의 얼굴을 봤어요. 잘 보이진 않지만 공간을 관리하고 운영하는 사람들도 있잖아요. 또 전시 설치 전후로 일하는 사람들과 밤에 이곳을 지키는 사람들의 표정을 상상해봤어요. 아마 거기 있는 작품들이 담은 이야기만큼이나 다양한 표정이 있겠죠.

　　사람들의 얼굴을 보면서 이런저런 생각을 했어요. 이 사람들은 여기 왜 올까, 우리가 이야기 나눴던 것처럼 무언가 이해하고 이해받고 싶어서일까. 아니면 그냥 감각적인 걸 보면서 기분전환을 하거나 시간을 때우고 싶은 걸까.

미술관이라는 자리에서 예술작품이라는 언어를 통해 우리는 뭘 나눠야 할까. 여러 전시장을 드나들며 일하다 보면 예술이 여가생활이라는 이름으로 삶의 우선순위에서 밀려나는 걸 보며 아쉬움을 느끼기도 해요. 어릴 때는 예술이 그저 삶을 아름답게 꾸미는 보조재로 취급되는 현실에 분노하기도 했어요.

그런데 요즘은 생각이 좀 바뀌었어요. 관객이 예술과 함께 치열하게 고민해도, 때로는 아름다움에 의지해 위로만을 가져가도 괜찮다고 생각해요. 모두의 삶이 예술로만 이뤄진 것도, 본업도 아니니까요. 어떤 날은 자기 자신의 삶과 마음을 지키기 위해서 더 치열해져야 할 때도, 때로는 조금 물러나 닫아 두어야 할 때도 있는 것처럼요. 누구나 예술 앞에서 진지하고 치열할 수는 없고, 다만 작은 알아챔으로 이후의 일상이 조금이라도 변화한다면 충분해요.

그날 햇살이 가득 들어오는 미술관 로비에 앉아 〈뮤지엄 아워스〉의 카메라 워크를 떠올렸어요. 요한이 박물관에서 일하며 보던 조각상과 그림들, 관객들의 얼굴, 앤의 쓸쓸한 표정, 눈 내리는 빈의 강둑, 서늘한 겨울 풍경까지, 카메라는 동등한 시선으로 담아냈거든요. 영화를 보고 결국 우리 사는 것과 예술작품이 크게 다르지 않다고 생각했어요. 이곳을 드나드는 사람들의 삶 하나하나가 살아있는 작품이 아닐까 하는 데에 생각이 이르자, 눈앞에 보이는 모르는 이들의 표정이 참 아름다워 보였고, 갑자기 무엇보다 생생한 작품들로 가득 찬 전시장 한복판에 있는 기분이었답니다.

그나저나 벌써 새해의 한 달이 훌쩍 지나 버렸어요. 그리고 우리가 편지를 쓰기 시작한 지 거의 1년이 되었죠. 이 편지가 끝날 때가 다 되었다니 저도 아쉬워요. 우리 이 편지, 운명의 이야기로 시작했죠? 지난번에 친구 부부를 오랜만에 만났는데, 별자리 이야기가 화두였어요. 예전에 둘이 같이 별자리 점성학을 공부했대요.

명리학에서 10년 단위로 사람의 대운이 바뀌며 운명의 흐름이 달라진다고 하는 것처럼, 별자리 점성학에선 28년 단위로 별들이 움직이며 사계절이 바뀌듯 사람의 운이 오르락내리락한다고 해요. 그들은 제 별자리 차트를 보더니 이제 막 겨울을 뚫고 봄을 지나 초여름을 맞이했다고, 앞으로 몇 년간 무성하게 나무가 자라는 한여름의 시간을 보낸 뒤 가을의 수확을 기다리라고 했어요. 겨울과 봄 동안 애쓰며 노력했던 것들의 성과를 곧 볼 수 있을 거라는 얘기는, 듣기만 해도 벅차고 신났어요.

하지만 저는 또 뭘 그렇게 잘 믿는 편은 아니라서, 사주나 별자리 점성학의 결과를 철석같이 믿진 않아요. 하지만 오르락내리락하는 삶의 지형도가 있다는 사실, 지금은 하강하더라도 언젠가 상승하는 날이 온다는 건 믿어요. 그리고 이제 어느 정도는 스스로 책임지며 근 미래에 도착할 수 있을 것 같은 확신이 제 안에 있어요.

바람이 강하게 불어 아래로 밀려도 협곡까지는 떨어지지 않도록 버티는 방법, 올라가는 길을 스스로 찾거나, 적어도 산중턱까지는 전보다 쉽게 오르는 체력, 예상치 못한 변화를 두려워하는 대신 밀려오는 파도에 올라타는 태도, 나를 상처 입히는 부당한 짐은 내려 놓고 걸을 수 있는 용기같은 것들이 모여 꾸리는 구체적이고 현실적인 오늘 말이에요. 아직 갈 길이 멀지만, 그런 것들을 하나씩 삶에 갖추면서 스스로 선택하고 지속하는 일상의 힘을 느끼고 있어요.

우연을 운명으로 믿는 사람을 알아요. 처음엔 좀 이상했어요. 자의식 과잉 아닌가 싶었거든요. 그런데 어쩌면 그는 그 우연을 절실히 구했던 게 아닐까요? 운명이라고 믿고 싶었던 거죠. 우리가 예술작품과 조우하는 순간, 그때 발견하는 의미도 그런 것일지 몰라요. 대단한 운명이 아니었다니 어쩐지 갑자기 시시해 보이죠?

그런데 운명이라 믿고 용기 내어 다가가는 시도, 밀어붙이는 끈기가 결국은 우리를 운명의 방향으로 향하게 만들어요. 처음엔 운명이 아니었을지라도 운명으로 만들어낸다면, 결과적으로 그건 운명이 아닐까요? 운명에 모든 걸 걸고 손을 놓아 버리는 것, 우연인 걸 알더라도 운명이라고 믿으며 의지를 더해 결국 손에 넣는 것. 저는 후자의 서사가 더

낭만적이라고 느껴지네요. 원래 예술사조에서 말하는
'낭만주의' 역시 인간의 감정과 의지에 관한 이야기잖아요.

지난가을 도록에 실을 리뷰를 써 달라는 부탁을 받고,
전은진 작가의 전시 《초록 파편으로》를 보러 갔어요. 작가가
수집한 풍경의 파편이 조각조각 담긴 전시장 안을 걸으면서,
이 풍경의 편집자이자 제 오랜 친구인 작가가 본 것들을
상상해봤어요. 바닥에 흩어진 나뭇잎들, 물이 흐르며 모였다가
다시 갈라지는 모습, 어둠 속에서 나뭇잎 사이로 반짝이는
빛들…. 함께 경험하진 않았지만 그의 섬세한 손짓과 눈짓이
읽히는 그림들 사이에서 어쩐지 같은 시간을 산책하며 이
사람을 더 잘 알게 된 것 같은 기분이 들었어요. 그렇게 서로의
시간이 포개지는 순간마다 저는 더 살아있다고 느껴요.

 읽고 쓰고 보고 듣고, 그러면서 더욱더 생생해지는
삶이 있어요. 왜 선천적으로 예민한 감각을 지닌 사람들은
일상생활이 불편하지만 그로 인해 보다 섬세한 부분을 알아챌
수 있는 장점을 가진다고 하잖아요. 감각을 활짝 열어 놓는
삶은 아무래도 고통스러울 때가 많아요. 하지만 삶을 더
살아있게 만드는 것들을 당신에게도 보여주고 싶었어요. 같이
편지를 써보자고 했지만, 이걸 끝냈을 때 당신이 손에 쥐는
것이 책의 모양을 한 다른 것이었으면 좋겠다고 생각했어요.
좀 더 생생한 삶이나 또렷한 오늘 같은 것. 나의 바깥을

앎으로써 다시 나를 더 알게 되고, 그렇게 알게 된 나를 스스로 좋아하게 되는 건 정말 기쁜 과정이거든요.

물론 제가 맨날 얘기하듯이 세상은 정말 별로고, 인간도 별로예요. 우리는 참 엉망이에요. 저 역시 빼놓을 수 없고요. 그렇지만 제가 늘 덧붙이는 거 알죠? 별로고 엉망이라도, 아무것도 아닌 존재라도 상관없다고. 대체로 엉망이라도 삶의 조각 하나하나는 반짝반짝 빛나고, 어쩌다 그것이 연결되면 꽤 아름다운 모습을 볼 수 있어요.

예술도 그런 것 같아요. 아무것도 아닌 내가 여기 있고, 아무것도 아닌 당신이 거기 있지만 우리는 언어와 이미지로 연결되며 아무것도 아니지 않은, 하나의 의미가 돼요. 작가가 만드는 작품, 작품들을 잇는 전시와 공간을 꾸리는 사람들의 노고, 거기 더해지는 비평가와 관객의 숨, 서로가 오가는 공간에서 연결되는 마음과 생성하는 이야기. 우리는 그저 작은 점이지만 보이지 않고 만나지 않아도 서로 손을 잡고 나아갈 수 있어요. 세상의 다음 장면은 그렇게 만들어지는 거라고 믿어요. 마치 아무것도 아닌 운명의 점을 의지와 선택으로 이어 하나의 별자리를 그려내는 것처럼요.

왠지 설레지 않아요? 이렇게 함께라면 지금 좀 엉망이고 별로라도 나중엔 꼭 괜찮아질 것 같잖아요. 어차피 어떤 일이 이뤄지는 건 정방향이라기보다 얼기설기 얽힌 나선형에 가까우니까 너무 조급해할 필요도 없어요. 다만 우리가 이곳에 같이 머물 수 있다면 좋겠어요. 진실을 구하고 오늘을 탐구하러, 쉼이나 위로를 찾으러, 또는 누군가와 시간을 나누러 전시장을 드나들면서, 이야기를 나누고 글을 쓰면서, 따로 또 같이, 그렇게요.

 얼마 전엔 또렷한 하현달을 봤는데요, 그날 따라 달의 가려진 부분이 어렴풋이 보이는 것 같았어요. 곧 밝아지겠죠. 세상에 영원히 기울어지기만 하는 것은 없으니까요. 그리고 이렇게 많은 이야기를 품은 작품들, 이를 통해 연결되는 누군가와 함께라면 기울어지고 가라앉는 날도 견딜 수 있을 것 같아요. 물론 전 여전히 다 귀찮고 혼자 누워 있는 게 제일 좋은 인간이지만요. 지겹다고 말하면서 다시 몸을 일으키는 건 이런 이유인가 봐요.

 이제 편지는 마무리하고, 내일은 겨울의 서촌으로 나서야겠어요. 봐야 할 전시들, 보고 싶은 작품들이 있거든요. 사이사이 떠오르는 얼굴들도 있고요. 우리도 봄이 오기 전에 같이 전시 보러 갈래요? 편지는 끝났지만 우리가 나눌 얘기는 아직 한참 남았잖아요.

 지난번 여행을 다녀오는 길에 생각했어요. 우리가 10년 뒤에도 같이 여행할 수 있으면 좋겠다고. 이왕이면 함께 쓰고 읽는 친구가 되어서요. 혹시 알아요? 그때 즈음 또 같이 무언가를 쓰게 될지. 당신의 계절이 빛나는 한여름에 도착할 순간을 상상하면서 별의 운동을 기다려보는 밤이에요.

 점을 잇는 마음으로, 지연

- 전은진 개인전 《초록 파편으로》, 2022.10.17~10.30, 갤러리 소소
- 젬 코헨 감독, 〈뮤지엄 아워스〉, 2012

촬영장소 협조 및 전시정보

표지
오다교 개인전 《am is are》, 2023.4.5~5.4, 파이프 갤러리

15쪽 – 겨울에서 봄
오다교 개인전 《am is are》, 2023.4.5~5.4, 파이프 갤러리

49쪽 – 봄에서 여름
오다교 개인전 《am is are》, 2023.4.5~5.4, 파이프 갤러리

97쪽 – 여름에서 가을
오다교 개인전 《am is are》, 2023.4.5~5.4, 파이프 갤러리

145쪽 – 가을에서 겨울
초이앤초이 갤러리 서울, CHOI&CHOI Gallery SEOUL

181쪽 – 겨울에서, 다시 봄
캐서린 안홀트 《사랑, 인생, 상실》, 2023.5.12~6.24,
초이앤초이 갤러리 서울, CHOI&CHOI Gallery SEOUL

ⓒ정멜멜

도시공간 시리즈
당신을 보면 이해받는 기분이 들어요
김건희, 김지연 지음

초판 발행 2023년 7월 10일

펴낸이 최선주
편집 김지연
디자인 스튜디오선드리
인쇄, 제책 세걸음

선드리프레스 info.sundrypress@gmail.com
신고번호 제307-2018-55호

ISBN 979-11-971518-6-6(04810)
979-11-971518-2-8 (세트)